KB071131

네가 빌었던 소원이 나였으면

고태관

시인의 말

긴 속눈썹이 눈동자를 찌른다고
떼어낸 속눈썹을 불어내면서 소리 없이 소원을 빌어
네 소원이 나였으면 어쩌나

(…)

파도가 모래 위 글자를 지우는 것처럼
파도가 잠시 멈춰 쉬길 바라는 것처럼

깨어나도 생생한 꿈에서는 커다랗게 부풀어 오른 눈사
람을 만들고 있었어
시린 손을 불면서 눈을 굴린 자리에 새겨진 글자는 읽
지 못했지만
너를 소리쳐 부르느라 입을 크게 벌렸을 때
웃음이 터진 내 입안에서 눈송이가 녹아내렸네
　　　　　　　　　　　—「바다에 눈이 내리면」 부분

2020년 5월
고태관

네가 빌었던 소원이 나였으면

차례

2부 내가 나인지 아는 건 너무 어려워

3부 식구가 되는 일

4부 우리는 자꾸 어디로 가려고 해요

1부

아무것도 아니지만
이상하게 모든 것이었다

스노우볼

마음보다 몸이 어지러운 날

폐허 위로 눈 쏟아진다

구부정하게 휘어진 마음 휘청거린다

무너진 벽에서 바닥으로
허물어진 기둥 틈 사이로
쌓이는 눈 위로

뒷모습 없이 길을 내면서 헤매는 걸음들
남겨졌다
흐려진다
지워진다

만들다 만 눈사람 몸뚱이 비탈로 구른다
찬 몸을 껴안고 잠들었다가
녹은 자리에 드러난 뼈마디

마음이 마음을 발굴한다

마구잡이로 엉겨 붙은 뼈마디를 만진다
손가락으로 살살 긁으면 부서질 거 같아

먼 데서 기차인지 배인지
떠나가는 소리인지 도착하는 소리인지

얼어붙은 폐허가 흔들린다

눈사람 몸을 닮은 무덤 속에 눕는다
녹아 가는 뼈마디가 따뜻해

나는 내가 가엾지 않아
나는 내가 슬프지 않아

마음보다 몸이 어지러운 잠

폐허를 허물며 파도치는 눈보라

머리 없는 눈사람
뼈마디가 구른다

나는 여기가 어딘지 궁금하지 않아

바다에 눈이 내리면

손짓을 잃는다

목소리가 사라지기 전에 말해야 하는데
입술을 떼면 날숨으로만 너를 발음할 것 같아서

내 눈동자에 든 너를 읽는다 너는
어기지 않은 약속을 찾는 동안 나는 자꾸 눈을 깜박거
리고

손짓을 잃고 나면 그다음은

긴 속눈썹이 눈동자를 찌른다고
떼어낸 속눈썹을 불어내면서 소리 없이 소원을 빌어
네 소원이 나였으면 어쩌나

해변에 찍힌 발자국 곁에는 손가락으로 적은 글자
안목安木

손바닥 위에 손가락을 꼼지락거려 가지를 뻗어 나간 손장난은 잊지 않게 해 달라고

모로 누워 잠든 등에 손가락으로 이파리를 하나씩 달다가 어깨를 살짝 두드리는 건 네 쪽으로 돌아누워 달라는 거

우리는 우리를 잃겠지

파도가 모래 위 글자를 지우는 것처럼
파도가 잠시 멈춰 쉬길 바라는 것처럼

깨어나도 생생한 꿈에서는 커다랗게 부풀어 오른 눈사람을 만들고 있었어
시린 손을 불면서 눈을 굴린 자리에 새겨진 글자는 읽지 못했지만
너를 소리쳐 부르느라 입을 크게 벌렸을 때
웃음이 터진 내 입안에서 눈송이가 녹아내렸네

모르는 일

발등 위에서 잔받침이 깨진다
잔이 깨지는 건 나중일 테니 설거지를 멈추지 않
는다

씻은 잔을 마른 천으로 닦는다

뜨거운 가마에서 처음 꺼냈을 때
굽기 전에 무슨 색이었는지 궁금해
어떤 차가 담길까
향이 어떨까
궁금할수록 떠오르지 않지만
씻어내고 닦으면 뭐든 지울 수 있어

배가 고파 쌀을 씻는다
손이 차가워
원래는 따뜻했는데

처음부터 따뜻한 게 있을까

차가운 밥공기를 꺼낸다

나란히 걷던 당신이 돌멩이를 발로 찬 적이 있다
강물 속으로 빠져 가라앉는 동안
어두워졌어
떠오를 수 없으니까

돌멩이는 돌멩이의 세상에서 살아

배가 고파 밥을 안치려고
미지근한 손으로 미뤄 둔 설거지를 해
엎어 둔 찻잔이 어두워지고 있어
돌멩이가 가라앉고 있어

모르는 일은 모르는 세상에 살아
마주 앉아 따라 주는 차를 마시지만
서로가 누군지 몰라
어리둥절한 하루를 보내다가 저물어 가고 있어

꿈 바깥이면서 겨우 이불 속

손을 놓치면 휘파람이 안 불어져

장명식
유치원에서 내 손을 붙들고 다녔다
나를 궁금해하지는 않았다
나를 싫어하지도 좋아하지도 않았다
깍지로 손을 잡고 다녔지만 친구가 아녔다
인형 팔처럼 내 팔을 흔들었다

목장에 견학 갔을 때
울타리 아래 피어난 들꽃을 한참 들여다보았을 때
도 손을 잡고 있었다
우리는 울타리가 허물어지길 바라면서 쪼그려 앉
아 있었다
들꽃이 시들고 그 자리에 애기 들꽃이 피어날 때까
지 손을 잡고 있었을 수도 있었다
서로를 바라보면서도 서로를 생각하지 않았다
명식과 들꽃과 나

흔들리는 들꽃에 자꾸 입김을 불었다
그러다 휘파람을 불었다
우리는 노래가 되었고
땀이 나도 놓지 않는 기분 나쁘지 않은 손가락으로
꼬물거렸다

오후의 나무 : 꾸태와 태발

김국태는 일산중학교 2학년 2반 반장
정태욱은 특수반이었다
특수반은 오전 수업을 같이 들었다
국태를 꾸태 꾸태라고 불렀던 태욱이를 모두가 태
발이라고 불렀다

태발이는 현재를 살지 않았다
그 애가 하는 말은 늘 과거에 있었다
흑백사진을 암실에서 인화하는 것처럼 시간이 지나
서야 무슨 말인지 알 수 있었다

태발이 옆자리가 꾸태였다

태발이는 늘 지나간 일을 이야기했고 꾸태는 잊지

않고 대꾸해 주었다

급식 우유를 자기 옷에 다 쏟은 태발이를 화장실로

데려가서 씻기는 쉬는 시간

꾸태의 교복으로 갈아입은 태발이는 나무 같았다

나무가 되려고 애를 쓰는 것처럼 바들바들 떨었다

나무가 될 수 없다고 말해 주고 싶었지만 그러지 않

았다

맨 앞 창가에 앉은 나는 꾸태의 교복을 입고 잠든 나

무를 자꾸만 돌아보았다

창가에는 참새가 앉았다가 날아가곤 했다

기억 바깥이면서 겨우 꿈속

꿈 바깥이면서 겨우 이불 속

유치원에서 해 주는 생일잔치에서 나에게 선물을 건네주러 나온 장명식을 껴안았다

꾸태와도 우유갑으로 농구를 하면서 꾸태를 안았다

맨몸으로 물이 차다고 바둥거리는 태발이도 두 팔을 붙들다가 부둥켜안았다

그렇게 보낸 겨울밤이 있었다

내 뼈가 내 몸에 배길 때

상형문자로 갈라진 나무껍질

손바닥을 편다

뼈에 뼈가 치인다

뻗어나간 흠집들

손가락을 하나씩 움직인다

하나 둘 셋 넷 다섯 세어 보지 않아도 하루가 지나
가는 창밖

퇴근 시간인데도 아무도 타지 않는 마을버스 6번이
출발한다

세상의 모든 6번 버스들이 차고지 앞에 줄 서 있는
동안

더디게 돌아눕는 삼한사온 삼한사미

나는 차고지에서 출발하지 않은 6번 버스를 기다려

미세먼지 매우 나쁨 창문에 달라붙어 닦이지 않은
먼지처럼

손바닥에서 흩어진 빗금들은 어떤 문장 같아서

공중에 타이핑하듯 손가락으로 짚어 본다

검은 건반 흰 건반 라랄랄라 랄라

텅 빈 차고지에 꽃나무 흔들리고

마스크와 꽃길

꽃그늘 드리워진 벤치에서 졸면서 6번 버스의 막
차 시간을 기억해낸다

깨어나도 다시 봄 아직 밤

단 한 문장으로 메마른 휘추리 끝에 꽃을 틔우는
봄밤

6번 버스 기사 소매에 달라붙은 도시락 밥풀

달라붙은 꽃잎을 떼어 주려고 움직이는 손가락

뼈가 뼈를 밀어낸다

가로등은 모른다

어두운 길로 들어선다 불이 켜지길 기다린다 기다림처럼 캄캄한 건 답답하잖니 뭔가 어른거리지만 빛은 아니다 두리번거린다 언제 켜질까 내기를 하고 싶지만 혼자여서 살짝 벌어진 입을 다문다

당신은 저기에서부터 여기까지 왔다 여기가 어딘지는 알 수 없지만

어두운 길을 걷는다 켜지려고 안간힘을 쓰고 있을 빛을 걱정한다 불이 켜지면 그 방향으로 달려 볼까 왔던 길로 돌아가는 게 나으려나 밝아졌을 때 기분에 맡기기로 한다 기분이 나를 알아볼 수 있을까 당신의 기분이 당신을 알까

저기에서부터 여기까지 왔다 저기가 어딘지는 알 수 없지만

아무도 없는 어두운 길에는 누구든 나타날 수 있지

뭐든 켜질 수 있어 앞으로만 걸어간 발자국이 찍혀 있을 것 같지만 지금은 아무도 없어 금방 울 것 같은 표정으로

당신은 여기가 어딘지 알지 못한다

당신이 여기에서 저기로 떠나서인지 여기로 오고 있는 당신이 아직 도착하지 않아서 그런 건지는 알 수 없지만

촛불 동화

아가야 울지 마

울면서 자면
잠으로 몰래 따라온 눈물이 꿈속에서 고인단다

밖에서 창문을 열어 달라고 바람이 들썩거려도 열어 주면 안 돼

촛불 하나가 남아야 해

바람이 너희를 휘감아 데려갈 수 없게 촛불을 꼭 붙들고 있어야 하거든

눈물에 빠졌다가 겨우 깨어난 막내는 마른 그림자로 잘 닦아 덮어 주고

자정의 유령과 눈이 마주쳐 창가에 달라붙은 쌍둥이는 어서 손을 뻗어 촛불의 온기를 쬐렴

울지 마

얼굴에 두 손을 모아 괴고 잠들면 가여워진단다

기울어진 눈물이 엄마를 데려갔단다 다시는 돌아
올 수 없단다

두 손을 모아 기도처럼 얼굴을 비비면서 잠든 꿈에
서야 만날 수 있단다

그러니 울지 마

바람으로 흔들리는 너희 어미가 애타게 창문을 두
드려

촛불 너머로 비가 쏟아지다가 빗소리 그치고 촛불
얼릴 듯 눈보라가 긴 머리채를 창문에 부딪히는 새벽

촛농에 달라붙어 꺼져 가는 심지
멎은 눈 얼어붙은 아침

지붕에 거꾸로 매달린 너희 어미가 흘러내리고 있
단다

울지 마

반투명한 투병

01

서라벌유치원(원장 김영애) 무지개반(담임 김명희)
미술활동 시간

간유리에 셀로판지를 잘라 붙였다
투명과 불투명을 이야기했다

반투명을 영영 이해할 수 없었다

0218

네 이야기를 써 너만 쓸 수 있어 네 시를 보고 살아
야겠다 살고 싶다고 힘을 얻는 사람이 있을 거야

나 먼저 살고 봅시다요

0309

살고 싶다, 말하는 사람은 죽어 가고 있거나 죽은
사람 가끔 살아 있는 사람
　죽고 싶다, 말한 사람은 살아 있는 사람

1104

CT를 보면서 의사가 말했다
왜 이렇게 담담해요?

1025

복수 전이 악성 농양
날카로운 단어들이 통증으로 지나간다

malignancy
휘갈겨 적은 단어를 알아보았다

간유리 건너편에서 뭉개지는 낯선 단어들

0216

꿈에서 배가 아팠는데 내가 아픈 건지 꿈속의 내가
아픈 건지 모르겠더라구 깨어나면 식은땀에 젖어 있
었어

1127

내 안부를 꺼내 놓으면서 단 한 번도 울지 않았다

0128

어둠 속에서 눈을 뜨는 닌자들의 밤
몇 번을 깨어나도 아침이 오지 않는다 자취를 들키
지 않는 적군들처럼
축축한 어둠 속에서 표창이 날아와 꽂히고 베이는

데 죽지는 않는다

닌자들의 수련법

어둠보다 캄캄한 밤에 보이지도 않는 상처를 견디
는 거라고

어둠은 얼마나 투명한가

1219

토하고 나서 거울을 보면

죽을 놈 눈빛이 아냐

죽을 놈 눈빛을 본 적은 없지만

1101

반반이에요

프라이드와 양념 반반처럼

위암 4기의 1년 생존율은 짬짜면의 짬뽕과 짜장면

처럼 섞이지 않는다

당장 어떻게 되는 건 아니다

0224

무서운 일들이 내게 스며들어 포커스 아웃이 되고
마주 선 것들은 배경보다 앞장서 선명해진다

푸른 혈관을 한 번에 제대로 관통하는 바늘처럼
따끔해요

0325

우리는 우리가 우리에게 우리를 위해 할 수 있는 일
이 없었다

0324

당분간 살아 있을 예정
아침 먹고 약 먹고 땀 흘리면서 잠들 예정
어지러울 예정

XXXX

손톱에 달라붙은 셀로판지가 반짝였다
무지개는 눈물이 아닐까 하는 생각이 들었다

딸기는 마지막에 먹어

케이크 위 딸기를 맨 처음에 먹나요 마지막에 먹나요
당신은

듣는 둥 마는 둥 고개를 끄덕이고
가늘어진 뱀눈으로 대답을 머뭇거려요

키스할 때 한쪽 눈 몰래 떴다고 뺨을 맞았어요
다른 쪽 뺨을 돌려대면 찰싹
내가 눈 뜬 걸 너는 어떻게 알아

기도하다가 무릎 꿇은 다리가 저려
가려운 겨드랑이를 긁는 게 신성모독은 아니잖아요

입술을 오물거리는 아기 앞에서
아빠라고 한 거 맞지
아냐 엄마라고 들었어
누구를 부른 건 아닌데

오늘 저녁에는 면류관 쓴 사람이랑 빵과 물고기를
먹고
디저트로 덜 익은 사과를 먹을 거예요
내일은 파마머리 친구와 보리밥을 비벼 먹을 예정

후식으로 나온 딸기케이크
우리는 달콤한 재앙을 나눠 먹어요

애플파이 레시피

오르골 태엽을 감아요
길게 벗겨진 껍질이 도마 위로 떨어지고
오선지를 까맣게 수놓은 씨는
온쉼표로 남았어요

애플파이를 만들어요
거품이 반죽될 때까지 기다릴게요
냄비에 잠기는 물음표
흩어진 사과 조각들이 뜨겁게 부풀어 올라요
파이가 구워지는 동안 수수께끼를 낼게요
그거 있잖아 그거, 집을 수 없는 단어

철거된 옆집 벽에 낙서가 맴돌아요
그림자와 술래잡기를 하면
숨을 때마다 쉽게 들키는 사람
사과나무는 탄내가 몸에 밸 때까지
꼼짝 않고 말라 죽었어요
마당 구석에서 쪼글쪼글해진 사과

머리를 박고 그을렸어요

애플파이가 완성됐어요
차게 식지도 않고 바스러지지도 않아요
돌아누울 수 없어요

빈 접시에 귀를 기울여 주세요
나를 담고 지워진 내가 오븐에 남았습니다

노을센터전망대

허물어진 망루를 향해 살수차가 들어섭니다
이제는 우리가 헤어져야 할 시간 다음에 다시
다시는 만날 수 없어요
물보라가 계단을 무너뜨립니다
3층에서 떨어진 출입문이 바닥에서 구겨집니다

로켓을 쏴 올린 적이 있습니다
뾰족한 동체에 적힌 이름을 기억하는 사람들이
아직 꼭대기에 갇혀 있습니다
고무줄 행글라이더가 착륙했던 옥상에서
시든 화분들이 파수병처럼 산산조각 났습니다
불꽃놀이를 보려고 일몰을 기다렸던 소년들
까맣게 탄 정수리가 기울어집니다

여기도 사람이 살아요
거대한 횃불을 뚫고 목소리가 타오릅니다
불붙은 현수막이 흔들리고
물러서서 바라보기만 하는 봉화가 높이 오릅니다

짝이 다른 신발이 추락합니다

녹아내린 얼굴이 벽을 타고 흘러내립니다

검은 거울이 되어 노려보고 있습니다

함께 나눠 먹을 저녁밥을 지을 때마다 깃발처럼 흔들리는 노을

오늘은 장송곡으로 차오릅니다

색약경보

아이가 팽이를 돌린다
대국민사과문을 읽는 대통령이 생중계된다

한쪽 방향으로 돈다
반대 방향을 떠올리면 쓰러질 것이다

팽이는 장난감 병정들을 넘어뜨린다
회전은 언젠가 멈춘다

내전 지역 습격 소식 뉴스 속보 자막이 지나가고
부상자와 사망자는 숫자로 발표된다

빠르게 모퉁이를 돌아 방아쇠를 당겼어야지
전사자는 인식표로 식별할 수 있다

아이가 다시 팽이를 돌린다
쓰러진 병정들을 짓밟으며 돌아간다

어떤 명령에도 울거나 웃을 수 없다
대통령은 무표정으로 문장을 읽는다

이보다 더 평화로울 수는 없습니다
　증오의 감정을 추위로 느낀다면 어떤 용서를 껴입어
야 할까

　무너진 집에서 구조된 아이는 팽이를 쥐고 있었다
아이는 울지 않는다

지붕에 깔려 머리가 떨어져 나간 병정들
날아오는 총알보다 빠르게 몸을 숨겼지만 늦었다

아이와 대통령은 고개를 숙이지 않는다
아이의 목에 아버지의 인식표가 걸려 있다

얼굴을 뒤덮은 먼지를 적시며 피가 흐른다
무슨 색이라고 부를 수 있을까

긍긍

신발이 벗겨진 자리
작은 돌을 내려놓는다
소년은 신발을 구겨 신는다

마을 어귀 지붕 무너진 이웃집
창문이 지워진 골목은 미로가 된다
어제의 여기와 오늘의 저기를 두리번거리다가
막다른 길에서는 얼굴 깨진 유리창을 마주친다

아무도 빠져나갈 수 없다면
떠난 사람도 어딘가에서 만날 수 있겠지

지나온 길을 표시하는 작은 돌
돌을 찾으러 헤매다가 길을 잃기도 한다

언 땅에 박힌 철골을 붙들고
찢어진 비닐하우스가 부풀어 오른다
어두운 해풍이 굽어진 길을 파헤친다

엎어진 농약 병에서 구름이 쏟아지고
녹슨 눈발에 거미줄이 뭉개진다
선착장 옆 돌무더기가 허물어진다

해안선 따라 가로놓인 돌
사람들은 무인도라고 불렀다

7층은 괜찮아요

두 팔 활짝 펼쳐 옆에 누워 볼래요
하늘을 끌어안는 것처럼
저녁이 되면 노래를 쏘아 올려 줘요
불꽃놀이 아래서 함께 춤춰요

신림동 원룸촌 꼭짓점
비 그친 아침
속옷 탈탈 털어 널어 두고
옥상 아래를 내려다보면
나는 성탑 꼭대기에 갇힌 공주
제일 높고 가장 뾰족해
제자리에서 빙그르르 돌면 더 위로 솟아나요

아무렇게나 붙인 반창고 같은 골목슈퍼 간판은
글자가 달아나고 귀퉁이가 깨졌지만
얘기를 나누면서 따라온다면 발 맞춰 줄게요
산책이라고 해 두죠
작년에 산 치마 색깔 예쁘지 않아요

어깨를 부딪히면 아저씨가 노려보니까
방향 바꾸는 게 쉽지는 않아요
종점에서 마을버스를 탄 낮잠이 먼저 돌아올 거야
오르막으로 돌아오는 건 시간이 걸리니까 서둘러요
종종걸음으로 걷다 보면 춤이죠
어깨 좀 들썩거려 볼래요

밤에는 취한 사람들이 모여요
나를 구경하러 왔나 봐 춤도 안 추면서
아무도 본 적 없는 공주는 실루엣으로만 흔들리는
법이죠

배운 적 없는 왈츠를 춰요
한참을 깜박거리다가 꺼지는 별 아래서
나는 얼마나 아름답게 흔들렸을까요

보문
—죽어서도 나는 갈 데가 없어요

붉은 눈두덩 비비는 골목 입구
가로등은 무너진 담벼락을 해부 중
길고양이들이 불협화음으로 허기를 달랜다
부검 끝난 쓰레기봉투에 머리를 파묻는다
그림자들은 빈소 밖에서 붐빈다

모르는 사람의 뒤를 밟게 되는 샛길
음식물 쓰레기를 내놓지 않아도 이웃의 저녁상을
헤아릴 수 있다
며칠째 불 꺼진 재개발 조합장네
동의서를 작성하는 순서대로 보상금을 받을 수 있
습니다
막다른 길에 벽보가 붙었다
낙서금지 낙서 위에서 벗겨지는 스프레이 글씨
조합원 동의 없는 개발 절대 반대

문상객이 되어 몸을 웅크리고 문을 연다
제각각 터져 나오는 길고양이 곡성을 뒤로하고

집 떠나 집으로 가는 길
골목의 유족들이 서성거리는 녹슨 철문 앞에
미납된 고지서가 흩어져 있다

새벽에도 꺼지지 않는 조등 아래
물그릇 내려놓고 쪼그려 앉아 손 뻗는 여승
나비를 부르고 있다

노인을 위한 공원은 없다

비둘기가 날개를 주먹으로 바꿀 수 있을까
부리가 날카로운 이빨로 변할 수 있을까

공원의 먹이사슬 최상위 포식자
뚱뚱한 몸뚱이에 매달린 습성이 흔들린다

사냥 시기를 놓친 사자 한 무리가 굶어 죽는다고
고양잇과가 멸종하는 것은 아니다

벤치에서 몸을 일으키는 노인
바닥에 구르는 빵을 집는다

허기를 욱여넣는 입에 앞니가 없다

월혈月穴

태음을 봉하라! 주상의 등이 하현으로 굽었다. 역병
이 창궐한 삼남이 기근으로 들끓는다. 망조가 들었다
는 풍문이 저자에 나돈 지 수개월째. 생소리 억지 춘향
으로 어명을 받아 야경을 올려다보는 노구가 있었으
니. 궐에서 고개를 숙이지 않는 자. 홀로 중얼거리는 소
리를 씹는다. 태음은 천문의 입이라 어미 된 금수도 주
둥이로 제 새끼를 먹이듯 백성의 명운이 월광에 깃들
었으니 어찌 빛을 묻을 수 있을꼬

추녀 아래 칠흑을 물리치는 등갓. 편전 등불에 귀밑
머리나 끄슬린 군왕의 한숨이 차게 식더라. 나랏님 말
씀에 죽고 사는 생치들 팔자를 아뢸 길 없으니. 삼경
내내 영문도 모르고 구덩이 파헤치다가 새벽녘 뚫고
당도하신 칠원성군님 까막눈으로 알아 뫼시는 봉두난
발 정수리들. 피죽도 못 먹은 가긍한 자들이 흉조에 내
몰렸겠다.

남산 꼭대기에 산성을 지어 올리자는 탁상공론으

로 조정 백관들 낯짝을 모았으렷다. 천근만근 돌 지고 산등성이 오르는 무리 뒤로 밤낮없이 토광 파는 곱은 손들 부르터진다. 동짓달 노역에 장정들 소문과 다를 바 없이 죽어 나가고 성안에서 까물까물 제읍 들려온다. 반촌 밖으로 줄 지어 가는 손톱만 한 횃불. 넋 나간 사내를 습하고 있으려나.

텅 빈 안광 펼치며 옥좌 앞에서 고개를 치켜든 노신입 떼지 않는다. 그믐 적시며 흩날리는 비님이 함박눈으로 굵어지더라.

하여 죽어 나간 목숨들이 제 무덤으로 파헤친 묘혈에 임금을 묻었으니 그제야 아가리 한껏 벌린 만월이 밥 짓는 연기에 젖어 간다.

현수막의 궁금증

언제 다 마를까
비에 젖은 글자가 비스듬하게 번진다

소액대출이자없는행복을붙잡으세요

하루에 한 마디씩 매달 수 있다면
스스로 내걸리는 사람도 있겠지 침묵이 되어
하루에 하나씩 묶인 줄을 풀어낸다면
되돌리고 싶은 고해성사 같을까 후회처럼

아무도 잠들지 못하는 밤
사람들은 잠든 나를 구경하러 오겠지
모두가 잠든 밤에 부스스 깨어난 나는
사람들의 헝클어진 이불을 덮어 주러 다닐 거야

하루에 한 명씩 죽어야 한다면
다음 날 한 명씩 살릴 수 있다면
어제 죽은 내가 오늘 살아날 수 있을까

기회의땅으로아메리칸드림미국워킹홀리데이

떠난 사람은 내 차례가 왔다고 기뻤을까
도착한 곳에서 먼저 떠나온 사람을 만날 수 있을까
돌아온 사람은 보고 싶은 사람을 찾지만 떠나고 없다
길을 나선 사람과 돌아오는 사람이 어디서든 마주치
기를 빌었다

황둔삼거리뺑소니목격자를찾습니다

남은 사람이 기도를 매달 수 있다
아무것도 아니지만 이상하게 모든 것이었다

2부

내가 나인지 아는 건
너무 어려워

신은 나를 미워한다

1 첫눈

거기엔 내가 없어요
구름이 구겨지고 있었습니다
흰색은 구름 하늘색은 하늘
어제 쓴 일기가 흐린 구름 속으로 흩어집니다

내가 없어졌다고 말하는 내 기분은 어떨까요
없어진 내가 어디로 갔을지 궁금한 내 표정은 어떤
가요

사람들이 발자국으로 남겨집니다
발자국 찍으며 가는 뒷모습을 오래 보고 있었습니다

2 보속補贖

하지 말라고 하면 한다 하라고 하면 안 한다 하지 말
라고 하지 않는다 하라고 하지 않는다 해야 하나 말아

야 하나 고민한다 고민하라고 하지 않는다 고민하지
말라고 하지 않는다 하지 말라고 하면 도망간다 도망
가지 말라고 하면 도망간다 도망가라고 해도 도망간
다 점점 더 빠르게 달린다 어디까지 가야 해? 누가 쫓
아오는지 돌아보고 싶은데

이 꿈에서 저 꿈으로 넘어가는 장면을 기억할 수 없
습니다

깨어난 다음 우리가 기억하는 건 늘 흑백이어서 24
가지 색깔 크레파스로 그리는 그림일기로는 되살릴
수 없어 하루 종일 퍼즐 조각을 맞추다 보면 새로운 꿈
을 만나러 갈 시간

어느 날은 꿈나라에 갇혀서 돌아올 수 없겠지 깨어
날 수 없어 처음부터 끝까지 흑백이었구나 무성영화였
어 알게 되겠지만 늦었어 다른 꿈을 만나러 가지 않아
도 돼 그림일기를 밀리지 않겠네

그런 꿈에서 깨어나면, 꿈도 꾸지 않고 푹 잤다고 믿었습니다

여름날 개울가에서 신나게 물장난을 하며 놀아도 햇볕은 젖었던 바지를 금방 말려 버리곤 했습니다

우리는 그런 햇살에 타 죽은 적이 있습니다

3 목요일

비가 오는 날을, 싫어해요 나는,

비가 오는 날은 두 가지죠 좋아하거나 그렇지 않거나 싫어하거나 그렇지 않거나 고양이가 싫거나 좋은 것처럼

오는 건 어때요

눈 내리는 건 좋을까 싫을까

월요일보다 화요일만큼 수요일 정도 목요일처럼 금
요일멩키로 토요일은, 일요일은

목요일이 없어질까 봐 좋아할 수가 없어

목요일이 없어지고 수요일 화요일 월요일 순서대로
다 사라지면 더 먼저 사라진 목요일을 원망할까 봐

에스키모들은 눈 오는 게 지긋지긋할까

수요일이면 목요일을 참을 수 있을 것 같아

내일은 눈이 그쳐서 사냥을 다녀올 수 있겠지 비는
것처럼

요일이나 날씨는 아무래도 상관없었어 사실은 나한
테 진저리가 났던 거야

그럴 때마다 눈보라 속에서 얼음집 짓는 사람을 떠
올리곤 해

이글루에 웅크려 모닥불을 피우고 언 손을 펼치는

두 손바닥을 생각해

    오늘이 몇 월 며칠이지 무슨 요일이지 몸서리를 치면서

    어디에선가 나를 죽이려고 칼을 가는 사람이 있어

    목이 쉬도록 저주를 노래로 부르는 그의 걱정은 단하나

    죽도록 싫어하는 내가 갑자기 사라지면 어떻게 하나

    얼음집이 녹아내리면 어떤 기분일까

4 응접실

    여기로 앉으세요 탁자에 둘러앉아 인사를 나눕니다 약속하지도 않았는데, 잘 지내요? 묻습니다 누가 정해 놓은 것도 아닌데, 환절기에 감기 조심하세요 누가 정해 놓은 것도 아닌데, 저기 창문이 열렸어요 내버려 두세요 햇살이 들어올 수 있게 열어 두었어요 그러고 보니 저희 집 창문도 열어 두고 나왔네요 그럴 수 있죠 누

가 뭐라고 하지도 않았는데, 우리는

　무슨 이야기든 더 나눌 수 있어요 닫아 두고 나왔지
만 유령처럼 창문을 통과해 들락거리는 불행에 대해
서, 창가에 습기처럼 번져 곰팡이로 들러붙은 가면에
대해서

　손님들은 똑딱이 볼펜이 되어 탁자 위를 굴러다녀
요 그럴 수도 있죠 모른 척할 수 없게 붙잡히고 싶은 거
죠 술래잡기예요 술래라고 생각하지만 더 약삭빠른
술래가 숨어 있어서 똑딱거리다가 자꾸 붙잡히는데
술래가 될 수는 없어요 약속하지도 않았고 누가 정해
놓은 것도 아니고 아무도 뭐라고 하지 않았으니까

　버티는 사람을 쫓아갑니다 두 눈을 똑바로 뜨고 턱
짓을 하기도 해요 처음이라 그래요 당신처럼

　탁자가 있을 뿐인데 모여 앉게 돼요 우리는 손을 잡
을 수도 있고 손수건을 건넬 수도 있어요 고개를 숙이

고 굽어진 등을 토닥여 줄 수도 있죠 하지만 나오지 않
는 볼펜이라는 걸 서로에게 들켜서는 안 됩니다

여기로 앉으세요 빈 의자를 뒤로 조금 빼면서

5 산타클로스 면허증 갱신 기간

성탄절이면 교회도 한번 가 본 적 없으면서 괜히 기
대하잖아 아침에 일어나면 어떤 선물이 머리맡에 있
을까? 선물을 보고 더 기쁘고 행복하려고 일부러 기대
하지 않았던 거야 없어도 괜찮아 설마 없겠어 소리를
지르고 두 발을 동동 구르고 싶은 걸 꾹 참는 것처럼,
누가 시키지도 않았는데 양치질까지 하고 자고 일어난
성탄절 아침, 선물이 없었어

전생에 마구간에서 동방박사한테 선물을 맡겨 놓기
라도 한 것처럼

동방박사들이 나한테 줄 선물을 잃어버려서 그때
태어난 아기는 거들떠보지도 않을 것처럼

12월 26일이 되었습니다
본 면허는 기간이 만료되어 내년 25일에 갱신하실
수 있습니다

6 아마겟돈 다음 날

아무도 없는 세상이 됐다
아무도 없는 세상에는 나도 없어야 하는데

아무도 없는 세상이 아무것도 없는 세상은 아니어
서 아무도 없으니까
재작년 성탄절에 받은 레고 블록이나 혼자서 가지
고 놀아야지

고양이들이 가득 뛰어놀면 예쁘겠네 털이 날리겠

지만

　보라색 꽃들이 한꺼번에 피어나면 환하겠네 눈이 아
프겠지만

　파도 위로 눈이 내려서 파도 모양 그대로 얼어붙으면
멋지겠네 손이 베이지만 않으면

　이내 아무것도 없는 세상이어도 좋겠다는 생각이
들었다

　아무것도 없는데 세상은 왜 있어야 하지

　고양이가 강아지여도 보라색이 잿빛이어도 파도가
눈보라가 되어 하늘로 솟구쳐도

　아무도 없는 세상이어서 아무것도 없는 세상이니까

　세상마저 없어야 공평한 거 아닐까

　기분이 좋았다가 미안해졌지만 아무에게도 미안해
할 수 없었다

7 얼음벌레

생각하지 말아야지 기억하지 말아야지 아무것도
하지 말아야지 얼마나 멀리 갈 수 있을까 날아갔던 아
버지가 더 멀리 떠났다 어떻게 알았는지는 비밀이다
돌아오지 못할 거라고 한다 돌아오지 않을 거라고 한
다 유언은 비밀이 아니다 남겨지는 건 무슨 뜻일까? 궁
금해하지 말아야지 일어나지 말아야지 내가 아는 내
가 아니니까 내가 모르는 나도 나한테 침 뱉은 나도 다
른 누가 되는 건 아니니까 가만히 매달려 있으면 된다
달라지는 건 없다 아버지는 떠나는 순간에도 내게 여
기를 떠나는 방법을 알려 주지 않았다 아버지는 아버
지를 벗어나야 한다고 했다 왜 그런지는 비밀이라고
했다 어떻게 해야 여기를 떠날 수가 있을까? 아버지는
말했다

어떻게 해야 여기를 떠날 수가 있을까? 떠난다면 행
복할 수 있을까? 그건 만질 수도 만날 수도 없어서 여
기서 도망쳐야 되는 건 줄 알았거든, 가지게 되면 숨 쉬

는 게 더 편해질 수 있을 것만 같았어 가져 본 적도 없
으면서, 그래서 견뎌 보기로 한 거야 처음에는, 당장 여
기가 최악이라면, 매일 들이닥치는 최악을 내일도 참
아야 하는 거라면 어쩌다 내일모레는 조금 더 나아질
테니까 기다리는 게 결국 견디는 거라고 생각했거든,
견디는 건 기다리는 거야 그다음부터는 쉬워졌어 걱
정하지 말아야지 생각하지 말아야지 아무것도 하지
말아야지 아무것도 궁금해하지 말아야지 물도 먹지
말아야지 밥도 먹지 말아야지 배고프지 말아야지 그
리워하지 말아야지 슬퍼하지 말아야지 울지 말아야
지 기도하지 말아야지 무서워하지 말아야지 가여워
하지 말아야지 생각하지 말아야지 기억하지 말아야
지 아무것도

　아버지는 아버지를 벗어나야 한다 유언은 비밀이
아니다 어느 날 아버지가 떠났다 어떻게 떠났는지는
비밀이라고 한다

8 다섯 번째 계절

눈 내리는 만우절 아침
빨래를 널고 차가워진 두 손을 모아 입김을 분다

어디로든 떠날 수 있다
언제든 돌아올 수 있다

나는 당신이 기다린 사람이 아니었다
나는 당신이 기다렸던 사람이 아니다

아무도 나를 기다리지 않는다
당신은 나를 기다리지 않았다

얼었던 빨래가 녹았다
봄이 오지 않아도 겨울 밖으로 떠날 수 있었다

9 기억상실 연구자의 기억상실

나는 기다리는 사람. 뭘 기다리는지 잊었습니다. 뭘 기다리는지 모르면서 기다립니다. 뭐든 오겠지, 뭐든 와서 기다림이 끝나겠지, 어제는 그렇게 생각했습니다. 오늘은 일어나서 기다리고 있지만 말고 찾아가 보자는 각오를 했습니다. 이내 내가 기다리고 있던 게 왔다가 내가 없는 걸 보고 실망해 떠나면 어쩌나 하고 마음을 고쳐먹었습니다. 그게 왔다 갔는지 안 왔는지 나는 알 수 없고 알든 모르든 변함없이 기다릴 수밖에 없지만 아무래도 어긋나는 것보다 낫지 않을까 해서 말입니다. 여기서 기다리니까 여기 있는 게 맞는 것 같습니다. 며칠 전엔 그랬던 적도 있습니다. 내가 뭘 기다리고 있었을까 상상해 보았습니다. 보라색 고양이라면 좋겠다고 생각했습니다. 까만 눈동자가 보름달처럼 땡그란 고양이가 내 품에 안겨 잠들었습니다. 나는 고양이를 위해 밥을 준비하고 푹 잠들 수 있는 담요를 펼쳐놓았습니다. 어쩐지 보라색 고양이가 아닐 것 같아서 다른 생각을 했습니다. 어딘가 멀리에서 누군가가 나

를 기다리는 건 아닐까요? 나처럼, 그도 나를 기다린다
는 사실을 잊은 겁니다. 내가 올까 봐 나와 똑같이 거
기서 한 발자국도 벗어나지 못하고 있는 겁니다. 보라
색 고양이에게 덮어 줄 담요를 뒤집어쓰고 기다립니
다. 우리는 어떻게 해야 하는 걸까요?

　우리는 기다리는 사람. 뭘 기다리는지 잊었습니다.
뭘 기다리는지를 기다립니다.

10 밀린 일기 한꺼번에 쓰기

　오늘은 나로 사는 것 같아

　어제는 모르는 사람으로 살았던 것 같아

　내일은 나로 살고 싶지 않아서 발버둥 칠 것 같아

　일요일에는 눈송이로 살았어 높은 건물 옥상에서
건너편 옥상으로 옮겨 다녔어

토요일에는 나 말고 다른 사람으로 살았으면 하고 바랐는데, 바라는 건 이뤄지지 않으니까

절대로 너로 살지는 않을 거야
다행인지 아닌지는 잘 모르겠어

11 유서 대필

슬픔을 끊어야지 담배를 끊을 수는 없으니
생각을 줄여야지 지금보다 잠을 더 줄일 수는 없으니
사람을 멀리해야지 삶을 외면할 수는 없으니
눈물을 끊어야지 목숨을 끊을 수는 없으니

12 대기권 밖으로 날아간 기구

새벽 4시 38분이 떠오릅니다 카운트다운은 없었습니다 당신이 잠들었는지 깨어 있는지 궁금해서 떠오른 인

공위성 같은 겁니다 궁금해질수록 부풀어 오릅니다
도시의 밤하늘은 별이 보이지 않아서 다행이네요 누
가 끌어올리듯 천천히 올라갑니다 당신에게서 멀어집
니다

　저건 어린 왕자 알사탕 별 옆에 있는 눈깔사탕 별이
야 밤하늘 멀리에서 반짝이는 걸 보고 당신은 말했습
니다 언젠가 저건 비행기야, 라고도 했습니다 나에겐
제트기든 지구를 침공해 오는 화성인이든 상관없었습
니다 지구 멸망을 위해 몇백 광년을 쉬지도 않고 날아
온 유성이었어도 고개를 끄덕였을 겁니다

　달 근처까지 왔어요
　지금은 내가 무엇으로 보이나요?
　눈깔사탕과 알사탕 곁에서 사탕자리가 되는 건 어
떨까요

　혼자인 건 지겨워서요

13 어두운 돌멩이

배가 고프면 밥을 먹어요 밥을 먹고 나서 설거지를
합니다 깨끗해진 그릇은 언젠가는 깨집니다 기억처럼

누가 그래 기억이 깨끗하다고 덧칠된 그림 같겠지
스케치도 보이지 않을 만큼 맨 처음 무슨 색을 칠했는
지 기억나지 않을걸 자꾸 칠하고 칠하다 보니 어두워
졌잖아 애초에 무슨 색이었는지 뭐가 중요하겠어

배가 고팠다는 겁니다 처음에는, 그러니까 밥을 먹
었겠죠 밥을 지으려고 쌀을 씻었겠죠 손이 차가워졌
어요 원래는 따뜻했었는데

원래부터 따뜻한 게 있나 차가웠겠지 돌멩이처럼

당신과 걷다가 가만히 있는 돌멩이를 발로 차 버린
적이 있습니다

강물 속으로 빠졌습니다

가라앉는 동안 어두워졌습니다

당신은 떠오를 수 없으니까

돌멩이는 돌멩이의 세상에서 살아요

배가 고프지 않으면 안 먹어 밥을 안 먹으면 설거지
를 하지 않아도 돼
전에 미뤄 둔 설거지를 하고 젖은 그릇을 엎어 둡니
다 어두워졌습니다

돌멩이가 어쩌다 강물에 빠져서는……

모르는 일은 모르는 일의 세상에서 살아요 거기엔
모르는 일들이 다 같이 모여 사는데 자기가 누구인지
모르고 옆에 있는 모르는 일도 모른답니다 어리둥절
한 표정으로 하루를 보내다가 함께 어두워졌습니다

14 나를 잃어버린 주인을 찾습니다

자기 이름을 잊어버린 강아지가 있습니다
잃어버린 강아지의 이름을 잊은 주인이 있습니다

강아지 이름을 잊어버린 주인은 거리에서 잃어버린
강아지를 만나면 어떻게 해야 하나요

잠에서 일어난 어머니가 나를 잊었습니다
이름을 잊은 강아지처럼
강아지 이름을 잊어버린 주인처럼

냄비에 물을 올리고 라면을 끓였습니다 나를 먹이
려고

15 인형 이야기

어느 날 골목에서 놀던 아이들은 구석에 버려진 커

다란 인형을 보았어요. 언제부터 여기 있었지? 아이들이 태어나기 오래전부터 거기 있었습니다. 아이들은 포근하고 덩치 커다란 인형이 꼭 마음에 들었답니다. 이리저리 장난을 치던 아이들은 어느 순간 인형의 팔다리를 잡아 뜯으며 노는 게 너무너무 신났어요. 팔과 다리, 목과 귀가 너덜너덜 떨어져 나간 인형을 내려다보면서 아이들이 말했어요. 쟤 이제 못 가지고 놀겠다.

왜 거기 버려져 있었어

16 나는 이제 내 미래를 이야기하지 않아요

낮잠 3호의 수면장애 치료

반듯하게 누워 있는 나에게서 뒤척이는 내가 흘러
나온다
깨어나기 직전까지 엉망으로 뒤섞여 흐려진 우리가
투명해지고 있었다
나를 흘려보낸 내가 이불 속으로 웅크리는데도 너
무 추워

방문 좀 닫아 줘, 수화로 문을 닫는다

손을 움직일수록 낡아지는 것 같아
더 부식될 몸이 남았다는 게 신기해

우물 속에서 너를 길어 올리는 것 같다고
말해 줬던 너는 내게 꼭 알려 줄 단어를 찾아오겠다
면서 떠났어

빨라지는 내 손을 읽지 못하는 날이 왔겠지
나를 더 이상 나로 바꿀 수 없을 때

표면은 녹이 슬지만 한 겹 안쪽은 녹아내리는걸
천천히 구겨지고 있다는 걸
네가 알고 있을 거라고 믿어

*

관람차가 천천히 움직인다 관람차가 보이는 병동 창
가에서 나는 내려가는 관람차를 보고 있다

맴도는 커다란 동그라미에서 인력이 느껴져

유리창에 달라붙어 돌아가는 관람차를 보고 있다

달이 지구를 바라보면서 맴도는 걸까 지구가 달을
바라보면서 돌고 있는 걸까

바닥으로 내려간 관람차의 문이 열리지 누군가 타

거나 타지 않겠지

  달은 플라스틱 쓰레기들이 떠다니는 바다를 꿈꾸
겠지 지구는 보이지 않는 달의 뒷면에서 모래성을 쌓
고 있는 나를 신기루처럼 보고 있을지도 몰라

  8인실에는 비스듬히 열린 낡은 문들이 누워 있다

  멈추지 않고 돌아가느라 어지러운 관람차가 눈을
감았을 때 꾸었던 꿈 이야기

      &

  옆 침대 아저씨에게는 아무도 병문안 오지 않아요
아저씨는 하루에 한 끼만 먹는데 자정 즈음에 처음이
자 마지막 식사를 하고는 입을 꾹 다물죠 한번은 라면
을 부숴 먹은 적이 있었는데 딱딱한 면발과 짠 수프를
이쪽과 저쪽에 두고 보고만 있었어요

배부르다고 생각하는 시간과 배고프다고 생각하는 시간이 어떻게 나뉘는지 고민하는 것처럼, 아저씨가 이런 생각을 하지 않았을까 하는 제 생각이지만요

그렇다고 아저씨가 다른 사람을 상대하지 않는 건 아니에요 입으로 소리를 내지 않는 대신 필담을 하거든요 *왜 이야기를 하려고 하면 울면서 피해 갈까?* 아저씨는 그렇게 적어서 보여 준 적이 있어요 제가 아저씨를 피한 적은 없었지만요 아저씨 앞에서는 어쩐지 수화를 하면 안 될 것 같았어요

어느 날은 아저씨 꿈을 꾸었어요 아저씨 꿈이었는지 아저씨가 쓴 글자들 꿈이었는지 모르지만 어쨌든 아저씨가 하고 싶은 말들을 볼 수 있었지요 *왜 진심으로 이야기를 하려고 하면 울면서 피해 가니? 술 마시고 TV 보고 친구를 만나면서 행복하다고 착각하는 건 불행을 행복으로 잘못 읽는 거야 가장 가까운 가족과 친구의 불행을 건전지처럼 빨아 먹으면서 행복이라고 착*

각하지 않는 나머지를 불행이라고 믿게 된 거지 아저
씨는 울고 있었어요 한 번도 있었던 적 없는 행복처럼
단 한 번도 스스로를 증명하지 않았던 시간처럼 단 한
번도 되돌아가 본 적 없는 우리의 과거처럼

　아저씨의 눈물을 닦아 주는 대신 나는 부서진 라면
을 수프에 묻혀 아저씨에게 내밀었어요

　　∧

　여긴 정신병동이 아닙니다 신경정신과와도 달라요
발작을 하거나 다른 환자와 간호사들을 괴롭히는 환
자는 없습니다 스스로를 못살게 구는 사람도 없죠 환
자들이 가장 괴로워하는 건 매일 아침마다 일장연설
을 하는 원장님이죠 한마디 한마디가 부작용이에요
내성을 키우는 강력한 병원체면서 치료를 더디게 하
는 몹쓸 촉매제인 셈이죠

%

여러분, 사는 것만큼 죽음이 가깝습니다. 죽는 것처럼 사는 게 괴롭고 무겁죠. 사는 것도 죽는 것도 모르겠어요. 모르는 순간이 와요. 왜 태어났나? 죽으려고 태어났나. 이런 생각을 하는 것도 무리가 아닙니다. 스트레스 받을 때 가장 효과적으로 스트레스를 물리치는 방법은 자는 거라는 연구결과가 있어요. 자면서 죽는 거라고 믿는 거죠. 다시 깨어나지 않을 거라고 굳게 믿는 거예요. 그러면서 꿈을 꾸는 거예요. 죽었으니 이건 뭐, 새로운 인생의 시작인가. 기억도 희미해져요. 새로운 내가 어떤 모습인지 거울을 보고 싶어. 어느 나라에서 태어났는지 창밖을 보고 싶어. 얼마나 푹 자고 개운하게 일어날 수 있는지 잠을 자 보고 싶어. 그런 마음이 들 거예요. 꿈이니까요. 꿈이라는 건, 다 잊는 거예요. 여러분 푹 주무세요. 오늘도 약 잘 챙겨 드시고 주사 꼭꼭 맞으시고 푹 주무시는 하루가 되길 빌겠습니다.

$

이건 실제 있었던 사례입니다. 실패한 실험이지만

고통스러운 시한부 인생을 끝내려고 존엄사를 택한 환자가 마지막 잠에 빠졌어요. 이걸 어쩌나, 그가 다시 깨어나고 말았어요.

그는 일어나기 전 마지막 꿈의 장면을 또렷하게 기억하고 있었습니다.

어느 해안에서 모래성을 쌓고 있었다고 해요. 파도가 닿지 않는 곳에 모래성을 쌓았지만 모래성이 완성되려고 하면 매번 비가 내려서 모래성이 허물어져 내렸다고 합니다.

왜인지 상심하거나 허망하지 않았다고 해요. 비가 내렸다가 그치고 그친 비가 다시 내리고 모래성을 쌓아 올리고 오랫동안 그러고 있으면서 생각했다고 합니다. 불행하게도 혼자구나. 혼자여서 다행이네. 다행이니까 행복하다. 행복하게도 혼자다. 혼자여서 불행하다. 불행하게도 혼자구나⋯⋯ 빗물에 허물어지는 모래성을 다시 쌓아 가는 것처럼 생각이 제자리를 맴돌았다고 합니다.

살아날 거라고 예감한 그는 깨어나기 직전에 무심코 모래성을 쌓으려고 젖은 모래를 퍼 올렸던 구덩이를 내려다보았다고 합니다. 구덩이 속으로 파도가 밀려와 바닷물이 고이고 다시 빠져나가고 있었어요.

왜 자꾸 비가 내려 모래성을 허물어뜨리는지 알 것 같았대요.

녹아내린 자신이 비가 되어 내리는 거였다고

@

눈을 깜박거리면 눈동자에 인화되는 장면
눈을 깜박거릴수록 또렷하게 새겨지는 사진 한 장

눈을 감아 버리면 손짓이 되어 나를 부른다
입술을 떼 부르지 않아도 네 이름이 공기 속에 섞여
있어

우리는 해바라기를 보고 있었다

감당할 수 없어 높게 자란 채로 시들어 가는 태양을
보다가 목이 꺾어진 머리
밤이 되면 비스듬한 고개를 떠받치느라 별들이 각
자 다른 속도로 떠올라 제멋대로 반짝였지

별이 뜨기 전에 가로등이 꺼지고 길이 지워지고 자
꾸 눈을 깜박였지만 우리는 지워지지 않고

내가 별을 보는 것처럼 멀리서 나를 지켜보고 있는
누군가는 깜박거리는 나를 보고 있겠지 나는 조금 더
뒤척거리고 싶겠지

별들의 젖은 눈이 시려질 무렵 해바라기 정수리로
떨어지는 빗방울
목이 마르도록 목이 아프도록 서 있었는데

별들은 태양만큼 멀고 꺼진 가로등 불빛은 더 멀고
지워진 길은 별들보다 멀리 흩어지고

아득히 멀리서 깜박하고 졸던 별 하나 흘러내리는
침처럼 별똥별로 줄 그어지겠지

우리를 잊지 못하는 우리가 끔찍해
아직 따뜻한 손가락을 만지작거리면서

지워지지 않는 장면 속에서 나를 지우고 있어

나를 만들었습니다

태풍이 온다는 소식을 듣고 창문에 신문지를 붙입니다 원룸에 창문이 왜 이렇게 많은 거야? 배가 고픕니다 라면을 먹어야지 생각하니 괜찮아집니다 유리창에 신문지를 펼쳐 놓는 것처럼 혀끝으로 입천장을 만져 보았습니다

창문에 신문지를 붙이는 꿈이었을까요 라면을 생각하면서 배가 고팠던 꿈이었을까요

며칠 동안 등이 아파 누워만 있던 나의 벌어진 입에 침이 고입니다 내가 내려다보고 있는 걸 눈치채지 못합니다 흐르려고 하면 후루룩, 입술을 달싹거립니다

나는 들을 수만 있어서 입을 다무는 방식으로 질문합니다 나 정도의 복제품은 어떤가요?
누군가 함부로 내뱉은 말은 어느 쪽이 오래 기억할까요? 괜찮다고 대답하고 싶지만 쉽지 않아요
상처받은 게 누구 탓인지 고민해야 하니까요

가장 오래된 고민은 이제 와서 뭘 더 궁금해해야 할까 하는 것

잠자리에 들기 전 마감뉴스를 보면서 아나운서가 말하는 단어를 서로에게 묻곤 합니다 어느 쪽이든 먼저 잠드는 쪽이 지는 겁니다

창문에 신문지를 붙이는 꿈을 꿉니다 내가 창문에 신문지를 붙이는 동안 나는 라면을 끓였으면 됐잖아

일어나 배가 고파지면 책을 펼칩니다 다 본 책을 꽂아 두면 다른 책이 옆에 꽂혀 있습니다 펼쳐지지 않은 내가 입을 굳게 다물고 있습니다

컵라면에 물을 부은 다음 종이 뚜껑에 올려 두기 좋은 책으로 골라 왔습니다 다시 밤이 되었습니다 컵라면이 익기까지 기다리는 4분 동안 배가 고파진 겁니다

태풍이 온다는 소식을 듣고 창문에 신문지를 붙일 때 라면을 먼저 먹고 창문에 신문지를 붙여도 되잖아 태풍이 지나가고 라면을 끓인 냄비를 설거지해도 되잖아 이거 컵라면이야 설거지 필요 없어

태풍이 지나갔다는 뜻입니다 덜컹거리지만 깨지지 않는 창문을 바라보면서 혀끝으로 라면 국물에 데인 입천장을 만져 보고 있었습니다

배가 부르니까 목이 아플 것 같아요 깨어나지 않는 나를 내려다보느라 고개를 한참 숙이고 있었잖아요
잠들고 깨어나는 건 탓할 수 없죠 잠들지 못하고 깨어나지 않는 것도 마찬가지 밤이 왔다 가는 걸 원망할 수 없어요 태풍도 마찬가지

나는 괜찮다고 말할 겁니다 끝까지

우리가 듣게 될 첫 목소리는 울음을 닮은 웃음이나
미소를 숨기는 눈물이길 바라면서
　내가 깨어나길 기다립니다

유리관람차

아무도 타지 않은 관람차가 돌아가고

그림자의 길이는 자전과 공전에 따라 달라집니다
햇살로 덧칠된 호수에서
새들이 날개를 펴기도 전에 영혼 먼저 날아오릅니다

시간이 빛보다 빨라진다면
이생과 전생을 나눌 수 없겠지
제 울음에 놀란 새가 주위를 살핍니다

관람차가 느리게 되돌아오는 동안
날아간 영혼은 영영 돌아오지 않습니다

내가 나인지 아는 건 너무 어려워
펼쳐진 책이 되어 떠올랐다가
유리에 비친 날개를 보고 날갯짓을 멈추기도 합니다

호수 위로 내려앉습니다

헐겁게 잠겼던 관람차 문이 슬며시 열립니다

정상까지 올라간 햇살에겐 그림자가 없고
새들이 하나씩 떠납니다

아무도 타지 않은 지구는 돌아가고

전시회

순백의 회랑
커다랗고 투명한 물음표가 나타났습니다

물음표의 휘어진 고리들이 서로를 물고 늘어집니다
떨어져 나온 방점들이 여기를 가득 채울 겁니다

나는 나를 몇 번이나 만났나요
마주 서는 모습을 얼마나 오래 보았나요
거울 앞에서 손을 뻗어 얼굴을 만지려는 장면
조금 떨어진 곳에서 바라보는 뒷모습이 있었습니다
점점 멀어져 풍경화가 되었어요

액자 속에는
백사장에 묻힌 발등을 내려다보는 머리카락이 흘
러내렸습니다

어떻게 들켜야 하는지 흔들리는 눈동자가 되어
액자 밖에서 서성거립니다

걷다가 멈추고 다시 걷는 발소리가 울려 퍼지고
회랑엔 텅 빈 캔버스가 남았습니다

가위 반지

가위를 씻다가 손가락을 깎았다

날카로운 검사 가위가 무테안경을 쓰고 노려본다
미필적 고의로 보입니다
반론이 달라붙으려고 하면 최소한의 동작으로 자른다
그러게 함부로 건드리지 말라고 했지

하루 종일 거리를 떠돌며
집집마다 내놓은 파지를 줍느라 구부러진 가위도 있다
상처투성이 박스 더미와 바꾼 싸구려 헝겊으로
다른 쪽 날을 닦다가 잠든다

검객처럼 날렵한 가위도 있는데
다른 가위 양쪽 날을 목 날리듯 썰어 버린다
좋은 시절 다 끝났다
깨진 무테안경이 증거로 남는다

손가락에 반창고를 붙인다
다섯 손가락 남매는 손장난하려고 태어났지
입술을 만져 입 모양을 알아들으려고 부드럽게 움
직여
작은 손을 쥐었다 펴는 아이는
두 손으로 엄지 이모를 꼭 붙들었다가 놓는다
자판을 두드리면서 콧노래를 부르는 오후도 있겠네
새끼손가락 걸고 눈 감았던 걸 잊지 못한다

환자의 나쁜 종양을 떼어내야 하는 수술대에서
의사인 검지 삼촌은 뾰족한 가위였음 하겠지
주말에 산행을 나선 가위산악회
막걸리에 취한 가위 하나가 위태롭게 벼랑에 매달
린 위기 상황
손이 되어 붙잡아 주고 싶겠지

반창고 떼어낸 자국이 손가락에 새겨진다
나는 가위였나 손이었나

뺄 수 없는 반지를 자꾸 매만져 본다

에그 무비

부식차가 멈춘다
정신병동 식당으로 달걀을 옮긴다
신생아들은 주변 환경이 중요하지
부식차는 장애인 전용칸에 주차됐다

오늘 점심은 라면
달걀 넣을 때 껍질 안 들어가게 부탁해
면발이랑 같이 씹으면 식탁을 엎어 버리고 싶거든
안전한 보호막일수록 거추장스러워
창가로 모인 우리들은 부식차를 구경한다
저기 횡단보도 보이지
흰색만 밟으면서 건너면 소원이 이뤄진대
대신 초록색일 때 건너야 해
옆 침대 형이 빨간불에 건너다가 못 돌아왔거든
그걸 바랐으려나

부식차가 병원을 빠져나간다
내 소원은

달걀 깨고 나온 병아리들이 창가로 날아오는 거
라면에 넣으려고 달걀을 깼는데 삶은 달걀이라면
다음 달걀에서 내가 나온다면

간호사가 회진 일정을 알려 준다
뒤꽁무니를 쫓아다니는 햇병아리들
점심시간 끝나야 회진 시작이거든

병원 냄새가 달라진다
너네들 똥 냄새가 섞인 것 같아

우리는 쿵쿵거리면서 몰려다닌다
라면 다 불어 터지기 전에 얼른 먹어
그나저나 깜박거리는 노란불은 언제 부화되나

마감뉴스는 자정을 지나온다

웃을 때 어금니까지 보이는 사람
앵커는 음성인식기계를 닮았다

감정을 흔들어 섞는 방법이 화제가 되고 있습니다
눈물 닦는 손등으로 아는 사람인지 확인하시고요
터져 나오는 하품을 가릴 때
떨리는 입술이 울컥을 울먹으로 바꾼다고 합니다
생물학적으로는 왼쪽 안구에서 흐르는 체액이 진심
입니다
훌쩍거리는 눈물을 감추느라 손을 흔드시네요
수화를 흉내 내는 건 아닌 것 같고요
신비한 동물의 세계에서도 본 적 없는 장면입니다
어항 속 금붕어가 입을 다무는 걸 본 적 있나요
상대방 인중을 보고 말을 건네면 눈빛 교환이 자연
스럽다는데요
뭐라고 떠들든 무슨 소용이겠어요

방에서 떠도는 울음이 잦아듭니다

불 꺼진 방에 켜진 TV
자료화면이 너무 환해

진실을 밝힐 수 없는 진실게임이 끝나 갑니다

나는 무사했어요
뉴스가 끝나지도 않았는데
첫 번째 내일이 시작됩니다

무릎의 인력

마주 놓인 의자 사이가 좁다
닿지 않으려고 허리를 세워 앉는데 눈이 마주치고

기차도 오른쪽이나 왼쪽으로 기울어지는 거 알아요
터널 속에서 말을 건네 온다

분명히 아는 이야기를 하지 않으면 점점 흐려질 거
예요
달리는 시간만큼 멈춰야 도착할 수 있어요

내리는 사람도 타는 승객도 없는 간이역
차창 밖 안개가 터널 입구처럼 멎어 있다

스르르 감긴 눈이 출구 없는 잠결 속으로 달려갔다
가
차창 턱에 기댄 팔의 각도가 허물어지는 순간

눈꺼풀까지 따라온 어둠이 마른 입술에 묻어나곤

했다
  곧 종착역이에요

  앞질러 갈 열차를 먼저 보내느라 서행하는 것도
  오래 들이마신 숨을 서서히 내쉬는 일

  캄캄한 동굴을 헤쳐 나오느라 연착된 몇 분 정도는
  터널을 벗느라 지불한 빈틈인 거죠

  가볍게 부딪혀 오는 무릎
  정차를 위해 속도를 줄일 때마다 플랫폼이 떨리고
있었다

오토스카피*

당신은 자전거를 타는 나를 보았죠. 이불 속에서 다리를 움찔거린 거 알아요. 내려서 자전거를 끌어요. 당신의 잠을 깨우면 안 되니까. 입술을 달싹거리는 당신의 헝클어진 꿈속에서 당신에게 손 흔드는 거 봤어요? 잠에서 깨어난 당신은 눈길에 발자국을 찍으러 가겠죠. 나는 쉽게 잠들지 못해요. 여기는 열대야의 자정

아랫입술을 질끈 깨무는 건 우리가 나눠 가진 버릇

자동차와 충돌했을 때, 잠에서 깰 만큼의 악몽은 아니었나 봐요. 뒤집어진 자전거에 매달린 바퀴가 공중을 달립니다. 당신의 이마에서 열이 오르지만 나는 조금 더 누워 있다가 일어날게요. 우리는 비슷한 온도로 미지근해질 수 있어요.

함께 점심 식사 어때요
뭐 먹고 싶어요

당신이 내 뒤에 올라타는 낮잠. 우리는 내리막을 달려요. 손잡이를 놓고 두 팔 펼쳐 소리를 질러요. 앞바퀴와 뒷바퀴의 리듬처럼 눈동자에서 눈동자를 따라 낮이 밤으로 흘러가요. 밤이 낮으로 흘러와요.

나는 당신의 백야를 향해 페달을 밟아요

* 자기상 환시, 나를 보는 또 다른 나

거울의 숲

거울인 줄 알았는데 깨끗하게 닦인 유리창
창가에서 일렁거리는 숲인 줄 알았는데
거울이었다면

나무는 어떨까요

태풍주의보를 듣고 움츠러듭니다
목이 말라요
크게 펼쳐진 이파리가 공중을 핥고 있습니다

구부러진 잠을 내려다봐요
일기예보가 빗나간다면
가지 끝에서 떨어진 잎은 말풍선으로 말라 갈 겁니다

뒤척이는 꿈에서 깨어나
잎맥을 읽어 내려가는 바람의 방향을 점쳐 봅니다
나는 읽기 시작하면 멈출 수 없는 이야기

끝난 것처럼 더디게 멎어 가다가 첫 소절로 돌아가
는 자명금
　악보를 넘기는 손가락 끝에서 음표가 반짝거려요
　기억나요 맨 처음 부른 노래는 햇살이었어요

　나의 가장 오래된 궁금증은
　뿌리가 되어 나를 붙잡아 두었습니다

불가항력

깔깔깔 웃다가 잊을 거짓말
허튼소리를 궁리하면서 하루를 다 보낸다

거짓말에 실패한 만우절
나머지 364일 동안 진심을 그르친다

1월 1일 카운트다운이 지나고 드는 생각
사람다운 것에서 점점 멀어지는 거라면
말라 버린 출생신고 잉크가 희미해지고 있다면
그게 늙는 거라면 서글프겠다

어른이 되다니
어른이 되고 나서 그다음은 뭐가 되지
다음 단계의 변신이 남지 않은 로봇처럼 어쩔 줄 모
르겠다
쓸쓸하겠다

새로 핀 벚꽃보다 바다가 보고 싶은 날이 많았다

활짝 핀 꽃다발을 안고 해변을 달렸지만
막상 파도를 보면 심드렁하고

늘 떠나고 없는 사람이 보고 싶다 나는
모래성으로 허물어지고 있어서
어쩔 수 없겠다

3부

식구가 되는 일

곁

처마 아래로 떨어진 빗물 담는다
둥글게 먹을 갈고 앉은 사랑방
뒷산 봉우리 드리워진다
들창 열어젖히고 숨 쉬는 그늘
눈썹처럼 날렵하게 잡아 올린 용마루 끝
먹장구름 비껴 걸린다
소나기 마신 꽃잎들 붓끝으로 번져 오고
소매가 젖은 인부들 꽃자리 피해 발길 옮긴다
담장 돌 하나씩 올린다
이것은 문패를 갖는 일

장작불 지펴 밥 짓는 마당
아궁이 속 숯덩이 식솥들
누릿한 체취로 끼여 앉아
뜸 들이길 기다린다
밥내음 맡은 꽃나울 먼저
봉우리 살라 먹느라 휘어지고
두 그릇씩 달게 비운 사내들

오늘 밤 깃들 달에게 국 한술 떠먹인다
하루가 저무는 일

저녁밥 삭이느라 느릿느릿 노래 한 자락
달빛으로 흐른다
사립 흔드는 바람이 추임새 보태면
가까이에서 숲이 넘실거린다
나무의 이름을 부르는 일

순한 발바닥들이 문지방을 건넌다
댓돌 위 어지러운 신발에서 마지막 획을 떼어내면
이것은 식구가 되는 일

나무가 되었습니다

오늘은 누군가의 생일이거나 기일
만삭의 여자가 횡단보도 신호를 기다리네
아내였을까 엄마였을까
실구름 솜사탕을 핥아 먹는 소녀였지
그녀는 들어 올린 발을 디딘 다음 딛고 있는 발로
내디뎠네

가로등은 하루에 두 번 켜졌다가 꺼지네
그는 깜박거리며 꺼지는 불빛을 켰다네
고장 나거나 고장 날 불빛을 지켜보다가 집으로 돌
아와
잠든 아내의 둥근 기지개를 내려다보곤 했네
떨리는 필라멘트 불빛에 손을 대 보았지
다른 손으로는 흔들리는 가로수 잎을 손꼽아 세었
네
나무를 품은 하늘을 올려다보면서
몇 번을 깜박거리다가 환해지는지 헤아렸네
둥글게 쌓인 낙엽에서 솟아난 가로등 곁으로 밤이

모이지
　나뭇가지가 불빛 흔들어 수화를 보내왔네
　깜박거리며 켜진 불빛이 꺼지기 전에 아침이 도착
했네

　내일은 기념일
　나무로 태어나 바람으로 너울거리겠네
　겨드랑이에 새로 켜진 잎사귀가 쌔근거리면서 숨
을 내쉬겠네

플래토

불던 풍선을 놓친 동생이 찡그려요 괜찮아 저기 구름 봐 같이 손 흔들어요 잘 가 다시 불어 보지만 쉽지 않아요 어쩌다 빨간 풍선이 볼록해지면 동그래진 눈으로 나를 봐요 가위바위보 주먹이 됐네 손 뻗어 아른거리는 햇살도 만졌어요 바람 빠진 풍선보다 부풀어 오른 동생 두 볼이 더 빨개졌어요 삐죽 나온 입술을 떼고 엄마처럼 울어 버릴 것 같아요 장롱에 숨은 엄마가 들킬까 봐 손가락을 하나씩 떼어내는 손장난을 쳐요 아빠가 없어졌으면 좋겠다 그치 동생은 주먹을 꼭 쥐고 웃어요 혼자 풍선을 묶을 수 있게 되면 빠를 내야 이긴다는 걸 알겠죠 쾅쾅쾅 문 열어! 손잡이 돌리는 소리 엄마가 노래 불러 줘야 꿈나라로 가는데 풍선 이만큼 크게 불면 올게 소원 빌면서 불어야 해 엄마 닮은 물방울 모양 눈망울 우리는 소리 안 내고 몰래 울기 선수 손잡고 시장 갔다 오는 길에 엄마는 비 오기 전에 냄새를 좋아한댔어요 쪼그려 앉아서 야옹이 부르면 배가 불룩해진 고양이가 왔어요 눈 깜박하고 안녕 엄마 올 때까지 너도 밥 없어 미안 오늘도 하늘에서 빨간

풍선이 터지고 빨랫비누를 물에 풀어 비눗방울을 불
면 터지는 풍선처럼 동생이 웃어요 우리는 손 흔들면
서 안녕 내일도 안녕

코딱지 브라더스

빵점 맞은 시험지를 들킨 토요일 저녁
아빠가 통닭 사 온댔는데
형이랑 봤던 명화극장처럼 세상이 멸망할 거예요
형은 눈 감고 보지도 못했지만
개롱이랑 사과나무 심을 시간이 있으려나
반드시 오는 일요일은 없대요
일기예보가 무조건 맞는 건 아니지만
까먹고 일기 안 쓴 건 핑계라고
담임샘한테 손바닥 맞았어요

개롱이가 그랬는데 코딱지가 맛있대요
코를 파다가 콧구멍이 말라서 손가락에 침을 발랐
는데
맛이 났대요 형이랑 같이 해 보려고요

형이 나를 붙들고 앞장서라고 난리예요
개롱이한테 얻어맞은 앞니가 흔들렸어요
형은 개롱이 연필을 하나씩 부러트렸어요

용감하긴 해요 혼날 생각을 못 하니까
찢어진 공책을 개롱이 가방에 넣어 주면서 졸렸어요
낮잠과 오줌 마려운 건 비슷한 기분 같아요
잘 가 내일 봐

눈탱이가 멍든 형
집으로 돌아와도 말이 없어요
형아 코딱지 먹어 볼래

엄마가 아끼는 화분을 깨트린 저녁
초식동물은 유성을 피하면서도 안 울었을 거라고
형이 울면서 그랬어요

형이 길고 찐득한 코딱지를 보여 줬어요
우리는 훨씬 더럽고 상상보다 더 달콤해요
코딱지 빨아 먹고 손가락을 빼다가
나는 형보다 먼저 휘파람을 불었어요

술래는 계단에 있다

15층 복도형 아파트
소년이 통로 계단을 올라간다
발소리가 급하게 뒤쫓아 온다
가쁜 숨이 두 칸씩 따라와
땀에 젖은 머리채를 붙잡기 직전

닫힌 옥상 문을 걷어차는 폭염의 오후
고함지르는 이웃집 창문이 내내 열려 있다
꼭대기에서 멈춘 엘리베이터
아무도 태우지 않고 1층으로 내려간다

세 칸씩 네 칸씩 계단을 뛰어내린다
101동 102동 103동 104동 105동
잠겨 있는 옥상에서 추격전은 다시 시작된다

해 저무는 아파트 단지
1층 2층 3층 4층 5층
도망자의 숨소리에 맞춰 불이 켜졌다가 꺼진다

15층 14층 13층 12층 11층
저녁을 먹는다

엄마와 함께 본 영화에서
주인공이 옥상에서 뛰어내리는 마지막 장면
떨어지는 점에서 천천히 엔딩크레딧이 올라왔다

소녀의 나이였던 엄마는 만삭의 몸으로 옥상에 올
라왔던 적이 있다

열다섯 번째 생일
층마다 박수를 쳐 무인등을 켠다
이내 꺼진다
아무도 생일 축하 노래를 불러 주지 않는다

해피버스데이

미풍노도

소녀로 변하다니
내 어깨에 매달려 멈추지 않는 춤을 추었다

저것들이 아주 영화를 찍네
나는 이차성징의 목격자

욕조 속에 잉크병을 엎은 것처럼
나뭇가지 끝에서 하늘이 찢어진다
서툴게 덧댄 구름이 덕지덕지 펼쳐진다

젖은 속옷과 이불을 내려다보는 아침
오줌 누는데 가시가 찌르는 것 같아

소년이 됐다
젖은 내 얼굴을 천천히 닦아 주었다
그만 울어
멈출 수가 없는데 어쩌라고

버스 타고 집에 가는 길
언제부터 너랑 집이 같은 방향이었지
손잡아도 되냐

물이 다 식은 욕조에서
고개만 내밀어 참았던 숨을 내쉰다
철부지의 날은 몇 월 며칠이지

식은 밥 덮어 놓은 식탁보를 걷으면
볼펜으로 다 찢어 버린 하늘
깜지가 되어 와 있다

자려고 누우면 발목이 욱신거렸다

우물에서 건진 반짇고리

우리 마을 한가운데 우물이 있었지
물 길어 밥 짓고 빨래도 했거든
애기 밴 순복이 입덧 걱정
바람난 후남이네 타박하는 수다들
바가지 하나씩 나누다 보면 해가 저물었지
등잔불 밑에서 바느질하노라면
알록달록 자질구레한 소문들 헝겊으로 뒹굴었어도
우물은 한시도 맑지 않은 날 없었어

가뭄이면 사내들 우물에 절을 올리는데
없는 옷감 모아 얽어 만들 새 옷 짓느라
며칠 밤 이어지는 바느질에 집집마다 등불 꺼질 날
없었지

난리통에 동네 사람들 이불채 떠메고 피난길 나서는
데
군에 간 남편 기다린다고 바늘 하나 붙들고 남아서
는

도망 나온 국군이 마실 물 청하면 해진 군복도 기워
주고
  길 잃고 추위에 떠는 어린 인민군
  앞섶 단추 매달아 주기도 했지
  손에 밴 핏물 씻는다고 우물 퍼 올리다가
  다 젖어 붉어진 얼굴 모른 척하기도 했지

  곧은 바늘만 물려주신 울 어매
  반짇고리 쥐여 주시며 하신 말씀
  피투성이에 눈매 선한 의병
  죽은 줄 알았는데 우물 끼얹으니 깨어나 같이 살았
노라고
  터진 무릎 꿰매 주고 해진 소매도 붙들어 줬다고
  우물이 있어서 모두 살았고
  국군 인민군 양반 상놈할 것 없이 우물에 빠져 죽었
다고

  할아버지 저고리에 동정 매다는 할머니 목소리

반짇고리 귀퉁이가 반짝거리며 젖어 있네

엄마조리법

빈 유리컵에 물을 따른다. 소파에 드러누운 그녀가 흘러넘친다. 바닥에 TV 화면이 번들거린다. 드라마 속 사모님이 그녀를 노려보고 있다. 봉투를 내민 눈초리가 떨리더니 쥐고 있던 컵으로 물을 끼얹는다. 다물어지지 않는 입에서 물이 끓기 시작하면 재료를 썰어 넣는다. 작년에 돌아가신 할머니, 치매를 앓는 할아버지, 여섯 고모들과 다섯 이모들, 일 년에 열세 번 돌아오는 제사, 파마는 언제 했는지 가물가물한 머리카락까지 잘라 넣고 팔팔 끓인다. 망할 년! 근본도 없는 게 어떻게 우리 아들을 홀려서는! 진부해서 더욱 구성진 레퍼토리. 불어 터질 소면은 언제나 넉넉하다. 저년이! 나쁜 년이! 끓어 넘치려고 하면 찬물을 부어 준다. 2절과 후렴은 더 쫄깃해질 것이다. 벌겋게 달아오른 그녀가 발을 구르면서 악을 쓴다. 드라마는 연속 방송되고 잠든 그녀는 고개가 꺾인 채 식어 간다. 용기에 나눠 담아 얼린 다음 끼니 때마다 조금씩 꺼내 데워 먹으면 된다.

아름다운 비행

일어나세요,
아이가 소꿉놀이를 펼친다
작은 손으로 쥐어 준 더 작은 숟갈을 들고 아침 식
사를 기다린다
소매를 걷어 올린 아이가 햇살을 반죽하는 동안
어제보다 짙어진 낙엽이 진다
아침을 배부르게 먹고 나서 달그락달그락
잎맥처럼 휘어진 등뼈를 곧게 펴고 설거지를 한다
안아 주세요,

철새는 돌아오는 길을 잊지 않으려고 날갯짓을 멈
춘 다음 바람 위에 떠 있습니다,
그림책을 따라 아이가 힘껏 양팔을 펼친다
철새는 별자리를 보면서 집을 찾아갑니다,
비가 오는 날은 어떻게 해요,
함께 있는 아빠 눈에 별이 있으니까 괜찮아,
아기 새가 웃으며 방을 맴돈다
난기류에 휘말려도 눈을 감을 수 없는 여정이 있다

아이가 노래 부른다

새들도 자기들만 아는 노래를 부르니까 길을 안 잃
어버리는 거예요,

아이는 자꾸 가사를 바꾸면서 계속 따라 하라고 재
촉이다

엉거주춤 흥얼거리는 노래가 날아오른다

철새들은 억새 평원을 건너가고 있습니다,

돌아오는 길에는 사라지고 없을 황금빛 물결을 잊
지 못할 겁니다

소실점

물결 위로 넘치는 석양
괜한 돌멩이나 내던지면 얕아진 강물이 눈망울로
번져 와
멀리 빈집으로 쏠려 가네

아득하도록 붉게 고인 하류에서는
무성한 넝쿨로 엉키는 얼굴들
바다에 닿기 직전 급하게 불어 오르네

오늘 일기를 미뤄 둔 새들이
낮은 바람 박차고 돌아갈 채비를 서두르는데
발목 다 젖은 미명을 들쳐 업고 돌아가는 다리 아
랫길

멀리서 흐릿하게 떠오른 어머니
내가 닿아야 할 별 하나
깜박하고 켜진다

거울의 내생

포대기에서 아기가 운다
잠에서 깨면 늘 목이 쉬었다

혼자서 양말 신고 바지도 입는 여섯 살
풀린 신발 끈 일부러 안 묶는 중학생
담치기하다가 따귀 맞는 고등학생
입대 전 벌거벗은 애인에게 안겨 잠든 새벽
소름처럼 돋아난 눈이 떠진다
다시 잠들면 복도에 쫓겨나 있었다

마흔 번째 생일 분에 넘치도록 취해 잠들었다가
오후 늦게 일어나 세수를 한다
반쯤 감긴 눈에 흐리게 고여
고개를 돌릴 때마다 거울과 마주친다

지금 나는 아흔이 된 내가 꾸는 악몽
머리가 지끈거리고 다리가 끊어진 듯 쑤신다
깨어날 수 없는 잠에 빠져
자정이 자정으로 이어지고 꿈쩍할 수도 없다

온종일 벽에 기대 있는 늙은이
가는 숨을 몰아쉰다
잿빛의 눈으로 허공을 비춘다
어제 꾼 꿈은커녕
당장 나도 건져 올릴 수 없다

무릎 꿇은 채 복도에서 졸고 있다
신발 끈을 밟고 넘어진다
알아서 바지와 양말을 벗는 아이
무성영화가 흘러간다

먼지 뒤덮인 거울에 눈곱 붙은 얼굴이 박혀 있다

4부

우리는 자꾸 어디로
가려고 해요

비밀의 기분

만나기로 한 광장으로 갑니다
어디서나 만날 수 있는 사람이 가장 위험해요
사고를 당할 수도 있겠네요
지금은 안전하니까요

우리는 자꾸 어디로 가려고 해요
통행에 불편을 드려 죄송합니다

눈치챘다는 건
아직 도착하지 않은 거
고개를 돌리다가 얼핏 봤어도
당장 어떻게 되는 건 아네요
떠나지 않아도 괜찮아요

묘지나 서점에서 만나기로 했다면
오늘의 운세를 읽어 두세요
방향을 바꿔 북상하는 태풍이나
건물로 돌진하는 덤프트럭을 미리 겁내지 않게요

횡단보도로 건너면 되는데
가로수는 2차선을 사이에 두고 대치 중입니다
그림자가 겹쳐집니다

고양이는 사람의 걸음만 보고
밥을 주는지 걷어차는지 알아요
긴 수염을 밟기도 하는데 멈추거나 넘어져요
갈고닦은 습관은 본능으로 진화합니다

아이를 앞세우고 당신이 걸어옵니다
넘어지려는 아이를 두 팔로 안아 올립니다

오 분만

숟갈에 반찬을 올리고 비행기 날아간다
입을 크게 벌리세요
그때마다 식사 시간이 키우는 새가 된 기분

다섯 살 진우는 김치도 잘 먹어요
스스로 터득한 젓가락질로 반찬을 헤집는다
필사적으로 쥐고 비튼다

먹는 동시에 소화시키는 통제 불가 활동력
소리를 지르면서 제자리에서 저렇게 높이 뛰다가
더 가벼워지면 날아갈 수도 있을 것 같아

진우는 자다 깬 줄도 모르고 더 놀고 싶어
고개가 휘청
볼에 붙여 둔 밥풀이 떨어진다
눈이 감기는 것도 모르면서
쥐고 있던 비행기를 놓치고 놀라 두리번거린다

뭘 정해 놓고 사니
내일은 정해야 할 게 더 많을 텐데

진우는 비 오는 날 좋아해
신발 다 젖고 우산도 잃어버리면서
비 그치면 울상이 된다
이모부 5분만 5분만 더 놀아
손잡고 늘어지는 눈빛을 내려다본다
깨진 보도블록은 어디로 흘러가나
빗소리가 부르는 돌림노래는 멈추지도 않고

5분 만에 잠들고
5분이 지나면 깨어날 진우
짧지도 길지도 않은 5분이 시작된다

날개의 무덤

손글씨로 쓴 쪽지를 찾아보세요
잃어버린 손가락 이야기

옛날옛날에 보물찾기 쪽지를 찾았어요
끼고 있던 벙어리장갑에 숨겼지요
저기 흔들의자에 앉아 몰래 펼쳐 보려고요
코끝이 가려웠지만 꾹 참았답니다
안경 올리는 버릇은 죽을 때까지 못 고치겠죠
고치지 않아도 되지만

초점이 맞지 않아서 자꾸 인상을 찌푸려요
안경을 벗고 자도 꿈은 선명하니까 나쁘지 않아요
과자 부스러기를 옮기는 개미를 주워 먹었어요
꿈에서만 그랬던 건 아니지만

한 줄로 선 개미들이 쪽지를 찾고 있어요
어디 있냐고 물었는데 알려 줄 입이 없어졌어요
흔들의자로 같이 가자고 하고 싶었는데

개미들이 손을 갉아 먹기 시작해요 사각사각
소리가 들리는데 꼼짝도 못 해요
찢어진 쪽지만큼 조각날 거예요

매번 벙어리장갑 한쪽을 잃어버렸어요
아빠는 죽은 앵무새의 날개만 따로 묻어 줬어요

깃털 묻은 손으로 내 눈을 가로막았어요
쪽지는 영영 펼쳐 보지 못했어요

숲으로 온다

반쯤 열린 침실 문틈에서 태어났어요. 내가 봤어요. 다섯 번째 계절로 떠난 엄마는 돌아오지 않고, 엄마 없는 것보다 생일 모르는 게 아쉬운 나이. 침대에서 털실 뭉치를 굴리면 침실 밖 계단 아래로 데굴데굴 내일이 풀려 나와요. 감고 감아도 실 끝을 찾을 수가 없어요. 모르겠어요.

커다란 나뭇잎으로 얼굴을 가리고 깜박 잠들었다가 깼어요. 불 꺼진 난로가 다 식어 버리고 나이테를 숨긴 통나무가 지붕까지 솟아났어요. 우듬지에 크리스마스트리 별처럼 매달린 새 둥지가 떨어지려고 했어요. 꿈에서 첫눈이 내렸나 봐요. 엄마였을지도 몰라요.

커튼을 흔들면서 누가 창가에서 기웃거려요. 속눈썹으로 눈을 가리고 싶어요. 누구세요? 화이트크리스마스일지도 모르죠.

입김을 불어 요정을 불러요. 흩어진 성냥개비를 주

워 사다리를 만들라고 시켜야죠. 누구든 내 머리를 쓰
다듬어 주면 숲이 될게요. 속삭였지만 주문이 아니라
기도였어요. 침실 문틈을 엿보는 숲으로 휩쓸려도 난
몰라요.

녹색광선

지구본도 어지러운 날이 있지
아마존 숲을 빠져나오느라 그런 거야

불시착한 사막은 건조해
날개뼈가 가려워
짧은 팔이 닿지 않네
여기가 아니라면 다음에는 먼지로 태어나고 싶어

노을을 셔벗으로 핥아 볼 수 있게
늦은 오후에 와 줄래
배가 고파지는 6시는 이른 저녁일까 늦은 오후일까
지평선 위에서는 노을이 길어지니까
10분 더 기다려 줄게
대신 우리가 다녔던 거리 이름을 잊으면 안 돼
저기 신기루로 펼쳐진 수평선까지 산책 다녀올게

어느 골목에서 네가 그랬지
굴러가다가 멈추는 돌멩이는 전생을 보고 있는 거래

등이 가려워 깨어난 새벽
나를 안으려다가 돌아누워 잠든 네 등을 만져 봤어
돌멩이도 그럴듯해 여기만 아니라면

새벽이 오고 다시 아침으로 와도
너를 마중 나가는 모래 폭풍으로 흘러넘칠게

다시 만나면 나를 주머니에 넣어 줘
돌멩이가 되어 네 꿈을 꾸고 있을게

골드스미스

책에 끼워 둔 도로시의 사진이 어제보다 선명해졌다
목차의 소제목을 소리 내 읽으면서 그녀가 마지막으
로 남긴 문장을 찾는 독서
우리는 무전여행을 떠난 적이 있다
길고 긴 산책 삼아 나선 여정에서 점점 걸음이 더뎌
졌다

그녀는 간이역 앞에서 왜 여기가 처음일까, 라고 혼
잣말했다
어디가 우리의 마지막일까, 라고 내가 물었다
열차가 멈추지 않는 간이역에서 발맞춰 걸어온 만큼
앞으로의 나날들을 함께 낡아 가기로 하고 주머니에
서 꺼낸 쿠키를 나눠 먹었다

역사驛舍의 낙서투성이 담벼락에 쪼그려 앉아 잎이
시든 화초의 이름을 떠올리려고 애썼다
화분 밖으로 빠져나와 메말라 가는 뿌리를 보면서
나는

그녀가 두드릴 수 있는 문을 찾아 헤매는 거라고 생
각했다
　물을 마시지 않아도 흙에 남은 물기로 당분간 버틸
수 있을 거야
　갈라지는 목소리를 들으며 공용 개수대에서 물을
마셨다

　그녀는 봉투 속 종이를 꺼내 편지를 보내는 날짜를
지웠다
　빛바랜 봉투에 적힌 주소가 흐리게 지워져 있었다
　받는 사람 주소에 밑줄을 긋고 내가 우표를 붙이면
그녀가 받을 사람의 이름을 번지지 않게 적었다

　플랫폼 의자에서 내 어깨에 기대 잠든 그녀의 잠꼬
대가 선로를 잡아당긴다고 믿었다
　기차는 빠른 등기처럼 우리를 지나쳐 가고
　깨어난 그녀의 눈동자는 터널 속에서 텅 빈 객차를
들여다보는 차창처럼 흔들린다

당신을 사랑하는 도로시 골드스미스

그녀가 꾹꾹 눌러쓴 서명을 나는 기억하고 있다

일몰이 오면 우리는 두 무릎을 안고 웅크리는 역광

속으로 지워져 갔다

돌연사한 나의 복제인간이 남긴 유서

알람은 출근 시간 15분 전에 맞춰 두었습니다. 정확히 울릴 겁니다. 그래야 하니까요.

어제보다 더디게 해가 떠오릅니다. 계산할 수 없습니다. 부디 오해 없으시길

중력에 따라 등뼈가 미세하게 휘어집니다. 모로 누워 자는 습관을 고칠 필요가 있습니다.

=

도시에서는 이제 새집을 발견할 수 없습니다. 하지만 아침 새는 새벽부터 웁니다. 잠귀가 예민해서 성가시겠지만 다행히 오늘은 토요일입니다. 어제 퇴근해 집으로 돌아와 탁자에 쌓아 놓은 100원짜리 동전이 와르르 무너집니다. 언제든 동전이 필요한 순간이 있습니다. 가까운 미래에 바닥에 떨어진 동전을 주우면 됩니다. 당장이어도 좋습니다.

위층 아이들이 시끄럽게 재잘거리다가 깨어난 아버지에게 혼이 나는 것 같습니다. 막내딸의 삐죽 나온 입술이 부리가 될 수 있습니다. 새가 우는 동안 지난주보다 부리가 길어집니다. 새가 웃을 수 있는 미래가 가까운 아침에 도착할 겁니다. 아니, 새가 웃을 수 있는 아침이 조금 먼 미래에 도착할 겁니다. 당장은 어렵습니다.

=

인류가 남겨 두어야 할 것은 녹지 않는 태양열 지붕 위의 눈이나 빙하기에도 포근하게 잠들 수 있는 전기장판은 아니길 빕니다.

=

어쩐지 빨래를 해야 할 것 같은 기분이 듭니다. 음정도 맞지 않고 우습게 발음을 굴려 가면서 엉망진창의 가

사로 중얼거립니다. 어느 나라 노래인지도 모르는 노래를 흥얼거립니다. 왼쪽으로 돌아가던 세탁기가 오른쪽으로 방향을 바꿉니다. 듣기 싫다는 건 아닙니다.

=

그 외 꼭 알려 드려야 하는 권장사항은 아침이 되도록 끄지 않은 스탠드 아래 감춰 두었습니다.

찾게 되면 필요할 겁니다. 아니, 필요하면 찾게 될 겁니다.

=

신문을 배달하지 않아도 좋을 자전거 한 대가 현관문 앞에 쓰러져 있습니다. 날씨가 좋은 어느 일요일 어쩐지 자전거를 타고 동네를 한 바퀴 돌아 볼까 하는 마음이 생기길 바랍니다. 쉬운 일이 아닐 수 있습니다.

=

철새에 대한 이야기를 검색하셨습니다. 돌아오는 길을 잊지 않으려고 바람 위에서 머물 정도로만 천천히 날갯짓을 이어 가는 가족들의 삼각형이 날개와 닮았습니다. 다음 검색 결과는 눈동자 전체가 눈이어서 레이더처럼 주변을 파악한다는 것, 모든 어둠이 전부 밤으로 이뤄졌다는 것, 아니 모든 밤이 전부 어둠으로 이루어졌다는 것, 순서는 중요하지 않았습니다.

다만 검은 새는 별빛 곁에서 밤새도록 떠 있어서 별자리처럼 보일 거라고…… 메모가 남겨져 있습니다.

삭제된 메모. 난기류 속에서 눈이 따가워도 눈을 감을 수 없는 비행이 있다고 알을 낳으려고 붉어진 눈을 질끈 감아야 할 날이 있을 거라고

=

누락된 여름휴가 동안 땀 흘리며 일어나 출근하는 뒷모습을 스캔해 두었습니다. 원하신다면 계속 휘어지다가 무너진 등뼈를 모아 새집을 짓는 시뮬레이션 영상을 재생할 수도 있습니다. 남자 친구를 집으로 데려온 막내딸이 신나게 재잘거리다가 날개를 펄럭거리며 부른 노래를 녹음해 두었습니다.

=

박물관에 있어야 할 눈동자를 나눠 주셔서 고맙습니다.

당신이, 아니 내가 꼭 가 보고 싶던 보금자리
바람이 활짝 펼쳐 놓은 억새 평원을 잊을 수 없을 겁니다.

아름다운 문장을 찾습니다

한마디도 하지 않은 날에는 아무도 오지 않아
내일도 입을 열지 않겠지
말을 걸어오는 사람이 없으니

마포대교 야외 공연
누군가 이 노래를 들었다면
오늘 밤은 자정으로 완성되거나 완결되겠지
가로등이 부지런히 밤하늘에 쉼표를 박아 넣고 있네

연주는 어떤 악보 사이를 헤매고 있을까
노래는 불러도 돌아보지 않는 뒷모습을 쫓아갔네

퇴근이 한참 지난 시간
다리에서 멈추는 버스에는 앉을까 말까 머뭇거리는
사람들
악사는 다음 정거장을 향해 흘러가네

난간에 나란히 남겨진 신발은 도돌이표로 남겠지

끝났지만 멈추지 않는 기타 연주

은연중에 눈이 내릴 것만 같아

이 노래는 아는 사람에게만 보내는 구원 요청
미세먼지를 뚫고 머리를 내미는 신생아
입술로만 깨물고 싶은 깨끗한 손톱들이 공중을 어
지럽히네

실어증

눈이 이렇게 쏟아지는데 냉장고가 왜 필요해

야채칸에서 싹을 틔운 감자
내보내 달라고 손 뻗어 두드렸지만 잊었습니다

냉동실 얼음을 깨부수는 냉장고 청소처럼 차가운
조각들이 흩날립니다

눈길에 발자국 찍힌 자리로만 걸어왔어요 앞서 발
자국을 찍은 사람은 어디로 갔을까요

먼저 도착한 단어들이 얼어붙었어

발자국 위로 쌓이는 눈이 되어 감쪽같아지면 다음
에 걸어올 사람은 어쩌죠

어제보다 멀리에서 온 진물이 터집니다

껍질을 뚫고 피어난 어린잎은 시드는 것으로 살아
있었다는 걸 증명했습니다

눈보라 속에서 눈사람은 점점 커지나요
지워지나요 희미하게

빙하기를 견뎌낸 나는 화석이 되어 갑니다

일기예보 허용오차

4월에 눈이 온다면 그날은 만우절
터진 쓰레기봉투가 창문 쪽으로 쓰러져 있다

녹았지만 틀림없다는 증거 두 가지 아니면 한 가지
방범창을 뚫고 행인들의 발소리가 불법 침입한다

신발에서 떨어지는 물 때문에 창가가 온통 젖는다고
받을 사람 없는 편지를 쓴다
행운의 편지처럼 왼손으로 적는다

창문 밖에서 비를 피하는 강아지
젖은 꼬리를 흔들다가 사라진다
잠으로 와서 고이는 새벽도 있었다

한참 다투다가 이내 손을 잡은 연인
낄낄대면서 걸음을 재촉하는 둘은
서로의 낮잠 속을 뒹굴면서 머리카락을 만져 주겠지
상대의 목에 자신의 목을 끼우고 익숙하게 삐뚤어지

겠지
　입 맞추는 상대가 달라져도 코를 부딪히지는 않을
테니까

　내일 날씨를 알려 줄까
　비가 그치는 건 장마 중에 가장 흔한 일
　맑거나 흐리다

토끼를 꺼냈습니다

왜 모자를 쓰지 않니
당신은 쓰고 있던 중절모를 벗어 내게 건넨다
품에서 회중시계를 꺼내며 말한다
모자에서는 뭐든 꺼낼 수 있단다
지팡이를 한 바퀴 빙글 돌린다
바닥을 두드리기만 해도 지팡이는 주문을 외운단다
일찍 자고 늦게 일어나렴 삐뚤어진 소년아
아침은 배 터지게 먹자 거짓말이야 깨우지 마

당신은 모자로 들어가 잔다
코골이가 주문을 구간 반복한다
삐뚤어진 거짓말이야 배 터지게 자고
아침은 깨우지 마 늦게 일어나렴 소년아

긴 머리로 귀가 없다는 걸 숨기는 당신
들을 수 없다는 비밀을 나는 알지
들린다면 저렇게 깊이 잠들 수 없을 테니까
코골이를 멈추고 침을 꼴깍 삼킨다

죽은 건 아니다 목이 마를 뿐
모자에 물을 붓는다
삐뚤어진 아침이야 배 터진 거짓말은 깨우지 마
늦게 잠든 소년아 일찍 일어나 먹으렴

모자에서 토끼가 튀어나온다
귀 쫑긋거리며 우글거리는 털 뭉텅이들
깡충거리는 뒷다리로 서로를 짓뭉갠다
긴 앞니로 모자를 물어뜯는다
작은 입으로 긴 머리카락을 오물거리고 있었다

아직도 모자를 쓰지 않았구나
나는 머리가 없는걸요

추락사

다시는 노래하지 않겠습니다
은퇴 선언 마지막은 허리를 꺾는 사죄의 인사
오지 마 가까이 오면 떨어질 거야
술 취해 곯아떨어진 아버지
다시 술 먹으면 내가 니 아들이다

살면서 무심코 콧노래를 흥얼거리기도 하겠지
얼마나 높은지 곁눈질로 계속 아래를 보더라고
손가락을 치켜세우고 딱 한 잔만

입을 떼지 않으면 노래 밖으로 갈 수 없네
확 떨어질 거야 맨정신으로는 곤란해
끊는다니까 술 생각을 해야 술 밖으로 벗어날 수 있
다니까

목소리가 나오지 않는 꿈
높은 데서 떨어지기만 하다가 깨어나는 악몽
술이라도 마셔야 잠이 와서 그래

빰을 올려붙이면서 노래하라고 했다면
누구든 내 등을 떠밀었다면
잔을 채워 주면서 마지막이라고 했다면

사람들은 사건 현장을 피해 걷습니다

5부

폭설을 알리는 첫 눈꽃이
파도쳐 옵니다

사막동화

세상에서 제일 높은 모래산이 저기 있었단다 꼭대기에는 뭐가 있을까? 궁금했던 소년이 산으로 올라갔단다

창문을 닫았는데도 촛불이 떨리지 산을 올라가는 소년의 신발에서 떨어진 모래가 여기까지 날아온 거야 바람보다 작고 고운 모래는 뭐든지 통과할 수 있거든 촛불을 손바닥으로 감싸 보렴 꺼지려던 불꽃이 힘을 내서 타오르지 소년이 날숨으로 불빛을 지켜 주는 거란다

한참을 올라가도 정상이 보이지 않았어 산을 오르던 소년은 저도 모르게 노래를 불렀대 노래를 멈추면 낭떠러지로 떨어질 것 같아서 모래로 입을 닦으면서 목소리를 높였단다 실은 입속에서 모래들이 버석거리는 소리였어 소년은 힘이 다 빠지고 지쳐서 더 올라갈 수도 없고 내려갈 수도 없었어 손 뻗어 모래를 쥐면 손가락 사이로 끝도 없이 노래가 흘러내렸단다

이를 어쩌나 모래산에 사는 바람괴물이 소년의 발
자국을 주워 먹으면서 쫓아오는 거야 발자국은 먹을
만큼 먹었으니 두 발을 달라면서 커다란 입을 벌렸단
다 소년은 낡은 신발을 던져 줬어 발목인 줄 알고 덥석
신발을 씹어 먹은 괴물은 배 터지도록 먹었던 발자국
을 토하면서 벼랑 아래로 굴러떨어졌단다

시간이 얼마나 지났을까 위태롭게 매달려 있던 소
년은 기도를 했대 꺼져 가는 촛불을 되살리려고 두 손
을 모은 거야 그때 소매에 담겼던 모래들이 한꺼번에
쏟아지면서 산을 허물어뜨렸대

높았던 모래산이 지평선으로 펼쳐진 사막에서 소년
은 정신을 차렸어 바람이 모래를 토하면서 이따금씩
지나다녔어 맑은 눈을 뜬 소년의 이름이 바로 오아시
스란다

사람들이 오아시스에서 모닥불을 피우는 건 소년

을 기억하려고 그러는 거래 두 손을 펼쳐 불을 쬐면서
노래를 들으려고 귀를 기울였대 매일 밤 오아시스까지
다녀가는 은하수의 숨소리가 흘러오는 거란다

별자리를 보는 방법

히말라야를 오르는 셰르파들은 들꽃 냄새로 길을 찾습니다

밤하늘에 매달린 흔들개비를 올려다보느라 멈춰 섭니다

갸웃거리는 머리에 뭉뚝한 뿔이 자랐습니다

꽁무니 따라 쫑긋거리던 별이 미끄러져 내립니다

졸다가 깼다가 혀로 코를 적시며 온 길

눈 감고도 아는 길목에서는 입으로 목줄을 끌어당 겼습니다

줄 감긴 자국을 핥으며 별똥별의 경로를 새깁니다

우리는 무엇이든 나눠 먹고 나란히 가벼워집니다

함부로 풀을 뜯지 않은 허기

젖은 코를 쿵쿵거려 갈림길에서도 망설이지 않습 니다

지구는 오른쪽으로 도나요 아니면 왼쪽

지상의 꼭대기에서는 소용없는 일

염소자리 아래 엎드린 길잡이는 나침반으로 떨립 니다

점자로 박힌 마을 불빛이 다 꺼진 뒤에야 잠을 청
하면
정수리 위에서 북극성이 희미해집니다
우리가 지나온 자리에서 들꽃이 시듭니다
갑자기 깨어나 모닥불 곁으로 고개를 묻는 건
눈 내리는 꿈을 꾸었기 때문
우리가 새겨 놓은 발자국 위에서 새로운 들꽃이 피
어납니다

지구라서 다행이야

바닥을 껴안고 잠든다
홍대입구역 8번 출구로 올라가는 사람들
간혹 동전을 내려놓는다

돌아누운 그가 지구를 둘러멘다
반대편 대륙의 기린
긴 목에 매달린 머리를 가누려 뒷다리를 구부리고
자전이 멈춘 순간
가만히 펼쳐진 철새의 날개가 드리워진다
목적지를 찾는 부리의 여정
모빌이 되어 돌아온다

걸음마 내딛는 아이
계단 하나 오르고 안간힘 다해 휘청거린다
울음 열기 직전
각자 반짝거리던 별자리가 떨린다
도착한 철새를 올려다보다가
나뭇가지에 매달린 잎을 씹는 어린 기린

현기증으로 기울어진다
아이는 엄마 품에 안겨 떠난다

팔을 뻗어 동전을 모은다
지구라서 다행이야

슬도瑟島

파도는 지구가 멀미를 하는 증거
힘껏 밀려온 물결이 다음 파도를 부른다

그물구름 아래로 피어오르는 갯내음
포말의 화음으로 출렁거린다
배 묶은 밧줄 풀어내는 항구의 운지법
술대를 퉁기며 배 한 척 출항한다

등대의 지휘에 맞춰 합주가 시작될 무렵
기울어진 나무의자 위에 신발 한 짝 뒤집혀 있다
사라진 다른 쪽 신발은 젖은 악기가 되어 가라앉
았겠다

음이 높아질수록 거친 숨소리로 휩쓸린다
들이마신 숨 참고 너울을 끌어올렸다가
느슨하게 놓아주는 날숨의 합창
마주 오는 물보라를 박차고 뱃머리가 솟구친다
잦아드는 파도의 다음 악장이 배를 섬으로 인도

한다

평생 동안 연주하는 하나의 선율
바다에 비파琵琶를 내던진 악사가 있었다고 전한다

꿈꾸는 이글루

녹지 않은 잠이 부풀어 오릅니다
차갑고 어두운 관리실에 간이침대를 펼치고
불 끄면 입김 위로 떠다니는 새별오름
억새들이 뒤척입니다

북극점에서 떠내려 오는 빙산 하나
수평선의 굳은 허리에서 돋아납니다
바닥인 줄 알고 내디뎠을 때 허물어지는 크레바
스처럼
묘지기의 선잠이 절벽으로 떨어집니다

해풍을 휩쓸고 다니는 억새들
불을 놓으면 눈보라가 되어 흩날릴 겁니다
콧물 훔치는 묘지기의 소매에서는
살얼음 언 곡소리가 묻어나겠지요

민둥오름 오르막을 오르다가
쉬어 가는 사람들은 공동묘지를 발견할 수 있습

니다
　도깨비풀로 달라붙어 새겨진 발자국이 지워지고
　얼음 깨 파헤친 묘혈에 새로운 바다가 고여듭니다

　매일 밤 순장되는 묘지기의 잠
　컵라면 남은 국물이 식어 가고
　잠꼬대 속으로 포근한 죽음이 섞여 듭니다
　폭설을 알리는 첫 눈꽃이 파도쳐 옵니다

곶자왈

곱은 박질 하는 파도의 숨비소리
오늘 따라 빙새기 웃는 하늘
시린 제주

오후 나절 바다 등지고
무색해지는 바람을 맞고 있네
문 열어 놓고 언제부터 기다렸는지
하늘 아래 서검은이오름 거기서
어디로든 돌아 들어도 곱닥한
저기가 곶자왈이우다
길 따라 바스라질 듯 흘러들어 갔네
푸른 보호색에 온몸 물들 때까지
밤새 들락거리는 파도
곶자왈 코빼기도 못 보고 돌아간다는
시들 일 없어 서러운 겨울 밤
소곤소곤 눈 내리네
그리워하여 잎맥마다 간질이는 울음 참아내는 곳
자왈

어깨 위로 먼바다가 흔들려도
어스름한 물살에 스미는 눈발은
먼바다로 밤을 귀향 보내네

파도 귀퉁이를 힘껏 당겨 뜨내기 철새들을 불러들
이는
곶자왈

오늘 입은 옷

죽음을 차려입은 길고양이

벌어진 채 멎은 입에서 아스팔트가 흘러나온다
아직 상하지 않은 눈을 뜬 채로
뭐든 붙잡으려 앞발을 뻗고 있다
맨홀처럼 고인다
바람 쪽으로 고개가 구부러진다

보풀 가득한 오후를 신고 세탁소 오토바이 지나간다

집으로 돌아오는 길
수의를 입고 있었다

폴라로이드

바다가 녹는다

엎드린 등허리가 수평선에 나부낀다

파도가 물거품으로 지워진다

허물어질 모래성을 짓느라 웅덩이 속으로 잠기는 이
름들

떠오르지 않는다

사라질 발자국을 보고 있었다

꺼졌다가 켜진 시계가 천천히 흐려진다

우리가 기억하는 숫자들이 피어난 꽃을 잡아당긴다

흩어진 꽃잎을 받아 적는 봄이 지워지지 않는 문장으

로 남겨진다

실종된 사람이 유령이 되는 건 살아 오는 것만큼 어
려운 일

미아 찾기 포스터 옆에 나란히 붙어 있는 현상 수배
전단

사라진 표정 곁에는 매달린 수화기를 붙들고 있는
공중전화가 있었다

암실 일기

　버려진 박스에 웅크린다 눅눅한 잠이 강둑에서 뒤척인다 눈도 못 뜬 새끼들 핥는 어미의 붉은 혀, 강과 하늘은 거울이 되어 서로의 꿈을 비춰 본다 그르렁거리는 숨소리에 귀 기울이는 별자리 쫑긋거린다 눈곱으로 엉기는 날벌레들 가로등은 어미 곁으로 더 짙은 밤을 들이붓는다 막내가 어미 품으로 파고들 때 막 옹알이를 뱉어낸 갓 난 별 옆으로 꼬리별 하나 기울어진다 빛 하나 단숨에 타들어 간다 가족사진 찍는 셔터가 사방을 환하게 적신다 반쯤 감긴 눈으로 새끼들 바라보는 어미의 젖멍울이 총총하게 빛난다

빨래가 마르는 동안

버스를 기다리는 사람들이 과일가게 앞을 서성거려 숨을 들이마시면 향기로운 과일들을 내다 팔고 있어 바로 옆 채소가게에는 호박이 두 개에 천 원 플라스틱 접시에는 다섯 개씩 양파가 쌓여 있지 흙투성이 종이 박스에서 굴러다니는 감자처럼 사람들이 횡단보도를 건너와 뒤편에는 우리가 자주 시켜 먹던 치킨집에서 한참 닭을 튀기고 기름 냄새가 저녁으로 밀려와 지금 사는 집을 구해 준 부동산은 문이 열려 있어서 안경을 코끝에 걸친 아저씨가 꾸벅거리는 것도 보이지 부동산을 끼고 모퉁이를 돌아 나온 네가 횡단보도를 건너 골목을 올라와 오르막길에 비스듬히 서 있는 의류수거함 바로 옆집 녹슨 문을 연 다음 고개를 조금 숙이고 들어와 좁은 마당 빨랫줄에 걸린 티셔츠 소매를 매만져 봐 윗집 TV 소리 이야기 나누는 목소리 밥그릇에 수저 달그락거리며 저녁 먹는 소리가 들려 괜히 하늘을 올려다보면서 기다려 봐도 티셔츠는 내일이나 돼야 마를 거야 배달 오토바이가 몇 대 지나가고 깜박깜박 어슬렁거리는 동네 길고양이들이 서로 얼굴을 핥아 주면서 이따금씩 울어 가족들 목소리를 확인하는 거지 툭툭 문을 건드리면서 이리로 오라고 신호를 보내면서 잘 준비를 하지 길고양이들 밥을 챙겨 주는 세탁소 아저씨도 유리문을 닫고 집으로 돌아가고 채소가게 과일가게도 문을 닫았지 어디에서 떨어졌는지 모를 잎사귀가 보도블록 위를 구르고 과일가게에는 어렴풋이 과일 향기가 남지만 막차 끊어진 버스정류장에는 아무도 없네 그럴 때 엄마는 생각해 다들 집으로 돌아갔나 보다 너도 돌아오면 참 좋을 텐데 하필 밤에 널어놓은 네 티셔츠를 만져 보면서

표류하는 기도

모든 걸 잃었습니다

해변으로 걸어와요 사람들이
파도를 바라봅니다
조개껍데기를 만지작거립니다 한 움큼의 모래를 쥐
어 봅니다 빈손은 아쉬워서요

잃어버린 것들은 어디로 갔나요
일몰로 옵니다

이름을 묻거나 어디서 왔냐고 말을 걸지 않아요
높아진 파도와 낮아진 하늘이 밤으로 번져 갑니다

멍하게 뜬 눈을 깜박거리는 사람 자꾸 눈을 비비는
사람 눈을 감고 있는 사람
서 있는 남자 앉아서 잠든 개 누워 있는 시체

새해 해돋이처럼 하루가 떠오르고 수평선에 내걸

린 빨래가 되어 펄럭거립니다

오늘을 잃고 내일을 덜고 내일 모레를 잊고도 자신만을 읽는 바람이 도착합니다

새벽에 바다에 뛰어든 사람이 해변으로 돌아왔습니다
젖은 오늘과 축축하게 말라 갈 내일 덜 마른 내일 모레가 되어 누웠습니다 비가 내려 모두가 공평하게 젖을 때까지

신발을 뒤집어 모래를 털어내는 아이 나란히 구두를 모아 둔 여자 맨발로 모래 위에 발자국을 찍는 남자

갈매기가 날아옵니다
고개를 갸웃거리는 흰 날개 갈매기 착지하지 못해 맴도는 큰 날개 갈매기 두 발 딛고 날개를 활짝 펼친 검은 머리 갈매기

잃어버린 게 어디로 갔는지 갈매기는 알아요

파도 소리에 울음을 섞어 부력을 얻는 갈매기들이
파도를 부르지요 바람과 깃털로 모래를 실어 와 백사
장이 되었습니다

갈매기는 곧 떠납니다
다른 바다로 수평선 건너 혼자 남겨진 섬으로 멀고
먼 지구 밖으로 날아가야 합니다
모래와 바람과 날개를 펼쳐 날아갈 겁니다

갈매기를 기다릴 수 있습니다
잃어버린 걸 기다릴 수밖에 없는 것처럼

아이는 해변에 구해 달라고 쓰고 그녀는 엎드려 잠
들어요 노인은 손가락으로 갈매기에게 붙여 준 이름
을 썼다 지웁니다

바다는 전부 사라지길 빌었어요

사람이 사람마저 잃어버리게 해 달라고
스스로를 잊어버리게 해 달라고

포말로 부서지는 기도를 했습니다

시네마 베이커리

기다리는 사람

기다리는 거 잘해요
기다리는 걸 좋아해
쪼그려 앉은 아이가 비밀처럼 떨고 있다
기다란 기다림은 우리를 배신하지 않는 오븐
바게트가 나오는 시간
먹어 본 적 없는 길고 딱딱한 향기를 맡는다
헌 옷 수거함에서 어렵게 꺼낸 낡고 포근한 코트
같다
우리가 믿는 것만이 우리를 배신할 수 있다
경멸하는 걸 가까이에 머물도록 내버려 두지 않는
것처럼
눈이 내리기 시작하고 아이가 웅크린다
아이가 기다리는 당신은 여기로 오고 있겠지
오느라 사방을 헤매고 잠시 앉아서 쉬다가
눈가를 적시는 눈을 닦는 순간 아이를 잊는다
졸고 있는 아이의 꿈에 나와 눈을 비비다가

어리둥절한 표정으로 눈을 맞춘다

손을 놓치고 길을 잃어버리면 그 자리에 그대로 있
어야 해

누군지는 모르지만

당신의 말을 지키느라 여기를 떠나지 못하는

아이를 찾느라 당신은 헤매고 있다

아이의 얼굴이 잘 떠오르지 않지만

당신을 기다릴 거라고 믿는다

기다리는 일에 의심을 품을 수는 없어

눈싸움을 하며 깔깔거리던 동네 아이들이 집으로
돌아간다

아이는 세 번 울 것 같은 표정으로 두 번만 아껴서
울고

화장실도 두 번 갈 걸 한 번만 간다

자는지 깼는지 일어날 수도 없이 피곤하고

억지로 잠을 청해도 졸리지 않는다

당신이 도착하지 않은 악몽처럼 기다림에 시달린다

잊지 않으면 기다릴 수 있지

기다리는 걸 잊을 수는 없으니까
며칠 전 떼어낸 빵을 아이에게 건네는 사람이 있었다
아이는 발을 끌면서 따라가다가 이내 되돌아왔다
아이가 사라지고 나서 도착한 당신이 근처를 서성거
릴 수도 있지
아이처럼 기다리는 거 잘해요
기다리는 걸 좋아해요
꺼진 간판에 그치지 않는 눈이 깜박거린다
아이는 기다린다

기다리는 사람

발을 헛디뎌 중심을 잃고 두 팔을 뻗는다
넘어지지 않으려고 당신은 벽에 손을 짚는다
막다른 골목에서 엎드린다
여기에 와 본 적이 있어
같은 자리를 맴도는 미로처럼
기억으로 그릴 수 있는 길은 여기까지

당신을 잊은 아이가 걸어갔다

당신을 잊었다면 아이는 돌아올 수 없다

골목 바깥 큰길 건너 빵집까지 그림자가 길어진다

여기에 익숙해질수록 여기를 지나가지 않았다는
걸 알아

떠나고 나서 돌아오지 않는다는 걸 믿지 않아

아이 이름을 주문처럼 자꾸 부를 때마다

골목이 환해지고

천천히 걷는 네 발소리가 들리도록 당신은 입을 다
문다

기억으로 그리워할 수 있는 건 여기까지

식빵을 꾸역꾸역 삼키는 것처럼

감은 눈을 손바닥으로 눌러

둘이서 함께 산책하던 골목을 떠날 수 없어

당신의 그림 속에서는 낮에도 가로등이 켜져 있지

바탕색 위에 아이가 찍어 놓은 발자국이

쪼그려 앉아 아이를 기다리는 당신이라고

당신을 기다리는 아이라고

눈을 감기만 해도 떠오르는 장면이 하얗게 드리워
진다
아이는 기다린다

동그라미

웅크리면 따뜻하다

엎어 놓은 버스 바퀴를 탁자 삼아 버스기사가 도시
락을 먹을 때

나는 어깨와 허리를 벽에 붙이고 똑바로 선다
몇 발자국이면 닿을 식사를 보다가 턱을 당긴다
나는 어긋나지 않았다

어둠을 물레질해 도착한 차표가 주머니에서 허기처
럼 구겨졌다
목적지가 번지다 못해 지워졌다

주파수를 놓친 라디오 소음과 엔진 소리에 섞인 숨
거울처럼 깨끗하게 닦인 밤의 차창이 기사와 나를
지켜보고 있었다

단둘이서 내린 막차

식사를 끝낸 뒷모습이 멀어진다

대합실 의자를 끌어와 나란히 앉아
누군가의 라디오였던 밤
어깨를 내어주고 말없이 고개를 끄덕이던 거울인
적이 있었다

식탁이었던 바퀴에 두 발을 올리고
의자에 기대어 잠을 감아올린다
첫차를 기다린다

두 손으로 무릎을 안고 구부러진다
탁자는 달리지 않는다
라디오와 거울은 웅크리지 않는다

반듯하게 누우면 잠들지 못하는 버릇
바라보는 쪽이나 등진 쪽에 누가 있을 것만 같아서
눈을 감으면 따뜻하다

나무가 되었습니다

윤석정(시인)

> 내일은 기념일
> 나무로 태어나 바람으로 너울거리겠네
> 겨드랑이에 새로 켜진 잎사귀가 쌔근거리면서 숨을
> 내쉬겠네
> ―「나무가 되었습니다」 부분

　그가 마지막 숨결을 풀어놓았을 새벽의 병상, 한동안 그의 영혼을 옭아맸던 링거줄과 오줌 호스에서 벗어난 순간, 2020년 5월 15일, 39세 일기로 사망. 나에게 스승의 날은 '고태관'의 기일이 되었다. 그의 장례를 마친 지 일 년이 다가온다. 기약 없이 아주 먼 이국땅으로 떠난 것 같은, 우리가 가야 할 곳에 먼저 간 것 같은 그가 생생하다.

　그는 밥 말리(Bob Marley, 1945~1981)가 태어난 자메이카를 동경했고 꼭 가 보고 싶다고 말하곤 했다. 그는 밥 말리가 세상을 떠나던 해에 태어났다. 그가 밥 말리처럼 레게머리를 하고 전철을 탔을 때 한 아이가 엄마에게 "저 형, 한국말을 잘해요!"라고 했다. 그의 외관—이국적인 생김새, 까무잡잡한 피부, 드레드락 헤어—만 보면 외국인으로 오해할 수밖에. 이후 그는 무대에서 한국어가 서툰 발음으로 '저 한국말을 잘해요!'라고 장난스럽게 자기소개를 하기도 했다. 그런데 그는 홀로 바다 건너 여행을 떠난 적이 없었고 자메이카로 떠날 수 있는 (물질적·시간적) 여유가 없었다. 만약 그가 저기 저 머나먼 이국땅이나 자메이카에서 오래 머무는 거라면 얼마나 좋을까.

2020년 5월 12일, 그와 작별 인사를 나눴다. 그날 밤, 나와 나디아(트루베르 보컬)는 보유한 그의 시를 모아 걷는사람 출판사에 넘겼다. 걷는사람은 단 하루 만에 시집 인쇄 준비를 마쳤고 시집『네가 빌었던 소원이 나였으면』(임시 제본)을 그에게 안겨 줬다. 그가 빌었던 소원 하나를 이룬 셈이었다. 그리고 걷는사람은 '고태관 유고 시집'을 1주기에 맞춰 출간하기로 했다.

당시 나는 '트루베르와 사랑하는 태관이에 대하여'라는 발문을 쓰기로 했다. 그런데 쉬이 엄두가 나지 않았고 한 글자도 쓸 수 없었다. 순간순간 그가 떠올랐다. 특히 나 혼자 자동차를 운전할 때면 그가 조수석에 앉아 조곤조곤 말을 걸어 왔다. 우리는 2000년에 만나 2006년부터 전국 각지로 문학 행사를 함께 다녔다. 또한 그는 내가 잠시 몸담았던 직장(잡지사)의 객원기자가 되어 전국을 함께 누볐다. 그때마다 나는 장시간 운전을 했지만 지루하지 않았다. 그가 있어 여행만큼이나 신났고 즐거웠다. 그렇게 차 안은 우리 사이를 더 깊어지게 만든 공간이 된 것이다.

지난 일 년 동안 그는 딱 한 번 내 꿈속에 나왔다.

"태관아, 네 시집이 곧 나와!"

그를 만나자 빨리 시집 출간을 말해 줘야 할 것만 같았다.

"형, 정말 고마워요."

그는 울면서 나를 부둥켜안았다. 나의 발문만 있으면 시집이 완성될 수 있다고 차마 그에게 말할 수 없었다. 미안했다. 동시에 나는 그를, 그의 시를 이제 꺼낼 수 있겠다 싶었다.*

---

* 본 발문은 너무나도 주관적인 시각으로 본 우리의 이야기임을 밝힙니다.

It is what it is

우리의 시간을 자꾸 비디오테이프처럼 되돌려 봤다. 후회가 후회를 물고 물어뜯어도 돌이킬 수 없는 날들이 나를 깨물고 짓눌렀다. 2016년 추석 연휴를 앞두고 그가 내게 왔다. 2011년 결혼했던 그가 이혼한다는 소식을 전했다. 한 시간 넘도록 그는 속사정을 털어놨고 그와 헤어질 때까지 나는 이혼을 말릴 수도, 어떠한 조언을 할 수도 없었다. 당시 그는 별거 중이었으며 생라면을 씹어 먹거나 끼니를 거르는 게 일상이었다.

부모님은 뭘 좀 챙겨 먹으라고, 나중에 병 생긴다고, 수천만 번 했던 이야기를 ARS처럼 반복할 거고, 나는 그 말을 듣지 않으면서도, 부모님의 말을 듣지 않아 나중에 암에 걸린다거나 객사를 한다거나 하면 어떻게 하지? 라는 모종의 불안감을 애써 지워낼 것이다.
  —2016년 9월 26일, 그의 개인 블로그 '일기 쓰기'에서

일기에서 밝혔듯 그는 항상 밥을 잘 챙겨 먹지 않았고 죽음에 대한 모종의 불안감이 있었다. 아내와 별거하고 끝내 이혼하면서 배고픔보다 더 큰 외로움

을 갉아먹으며 하루에 한 끼를 먹거나 아예 끼니를 거르기도 했다. 부모님처럼 나도 자주 그에게 밥 좀 잘 챙겨 먹으라고 했다. 한동안 그는 직접 요리한 음식 사진을 찍어 내게 보내기도 했다. 또한 권투를 배우면서 주변인들을 안심시켰으나 도장이 망하면서 그만뒀다. 마치 그는 '망한 생'을 견디는 비참하고 우울한 사람처럼 보였다.

2019년 3월, 봉평의 장례식장에서 돌아오는 길에 그는 침울한 표정으로 말리와 팟칭을 "그 사람이 데려간다"고 했다. 말리와 팟칭은 '그 사람'이 데려왔던 고양이였는데 이혼 후에도 그와 함께 살았다. 그는 우울증과 수면장애를 앓고 있었다. 그는 "작년에는 말리와 팟칭이 없었다면 죽었을지도 모른다"고 토로했고 "자신을 위로해 준 존재"라고 했다. 돌이켜 보면 나는 그의 우울감과 비참함을 제대로 이해하지 못한 주변인에 불과했다. 그의 상처와 아픔에 아무런 도움이 되지 못한 위로의 말들만 쏟아내던 '형'이었다. 이것이 나의 뼈아픈 후회다.

어리석게도 아픔을 참다, 참다가 몸이 견딜 수 없어 병원에 갔는데 시한부 판정을 받았을 때 그의 기분은 어땠을까. 이 황망한 상황은 직면하지 않고선 아무도 알 수 없다. "CT를 보면서 의사가 말했다/왜

이렇게 담담해요?"(「반투명한 투병」) 그의 낙천적인
태도가 드러나지만, 그는 투병이 '반투명'하며 "반투
명을 영영 이해할 수 없었다"(「반투명한 투병」)고 고
백한다. 항암 치료를 거듭할수록 그는 낮잠이 늘어났
고 잠에서 깨어도 꿈을 꾸는 듯 정신이 혼미했다. "반
듯하게 누워 있는 나에게서 뒤척이는 내가 흘러나온
다/깨어나기 직전까지 엉망으로 뒤섞여 흐려진 우리
가 투명해지고 있었다"(「낮잠 3호의 수면장애 치료」)
며 그는 치료할수록 자신이 '투명'해지고 있음을 자
각한다. "내가 없어졌다고 말하는 내 기분은 어떨까
요/없어진 내가 어디로 갔을지 궁금한 내 표정은 어
떤가요"(「신은 나를 미워한다」)라고 질문하면서.

　그는 "나 먼저 살고 봅시다요", "살고 싶다, 말하는
사람은 죽어 가고 있거나 죽은 사람 가끔 살아 있는
사람", "죽을 놈 눈빛이 아냐"(「반투명한 투병」)처럼
죽음을 앞두고 살고 싶은 의지를 내려놓지 않았다.

　2019년 10월 25일, 그가 병원에서 위암 4기 진단
을 받은 날이다. 계속 배가 불러 있어 밥을 먹는 것도
꺼려지고, 화장실에서 시원하게 일을 볼 수 없는 상
태를 그는 변비라고 자가 진단했다. 일주일 동안 변비
약을 먹었고 나아지지 않아 변비약을 더 먹었다. 비
오는 밤 양화대교에서 서강대교까지 달렸고 일주일

동안 밥을 굶기도 했다. 그래도 변비가 해결되지 않자 그는 병원에 갔다.

내시경 검사 후 의사가 "위암입니다!"라고 말하기 전 이미 그는 진료 차트에 휘갈겨진 단어를 보고 짐작했다. 내시경 전에 없었던 단어 'malignancy', 악성 종양, 암, 악성(인 상태) 등을 뜻하는 무서운 단어. 인생이 망했다고 낙담해야 하나? 주변 사람들에게 암이라고 이야기해야 하나? 엄마 아빠한테는 뭐라고 말하지? CT, 내시경을 했는데 의료보험으로 되나? 암 보험은 들었나? 실비 보험은 뭐지? 이런저런 복잡한 생각을 제쳐 두고 그는 의사에게 "치료를 바로 해야 하나요? 할 일이 있는데…."라고 답했다. 그는 내일의 일과 모레의 합주, 주말 공연과 줄줄이 잡혀 있으나 그리 많지 않은 공연들을 먼저 생각했다. 의사는 그의 말에 전혀 공감하지 못했다.

그는 위암 4기가 될 때까지 별로 아프지 않았다고 했다. 거짓말이다. 그의 성정을 보자면 "꿈에서 배가 아팠는데 내가 아픈 건지 꿈속의 내가 아픈 건지 모르겠더라구 깨어나면 식은땀에 젖어 있었어"(「반투명한 투병」)라고 하듯 미련하게 병을 방치한 자신을 탓하며 현실을 받아들였을 것이다.

그날 그가 병원에서 대기 중에 칼럼을 읽다가 발

견한 문장.

It is what it is.

'살아야지. 응, 살아야지.'

철들지 않을 래퍼 피티컬PTycal

우리는 단 한 번뿐인 삶을 산다. 그 삶에서 무수히 많은 선택을 해야 한다. 선택에 따라 원했던 삶이 될 수 있고 그렇지 않은 삶이 될 수 있다. 최소한 고태관이 선택한 삶은 자신이 원했던 삶이라 나는 믿는다. 그는 이십 년 가까이 문학(시)과 음악(노래)을 삶 전면에 내세웠다. 그는 대학 문예창작학과에 입학할 때부터 병원에 입원하기 전까지 시 쓰기를 멈추지 않았고 시를 노래했다.

2000년 봄날, 복학을 앞둔 나는 대학가에서 문학회 후배라고 인사하는 그를 처음 만났다. 우리는 잠깐 대화를 나눈 뒤 악수를 하고 헤어졌다. 그는 이어폰을 귀에 꽂고 호일 파마한 노랑머리를 가벼이 흔들거렸고 팔랑팔랑 걸어갔다. 당시 나는 그를 통해 새로운 시대가 왔음을 직감했고, 나와 다른 차원의 자유로움을 감지했고, 문학의 틀을 깰 수 있을 듯한 인상을 받았다. 우린 학과와 전공이 달랐지만 '시'가 있어 빠르게 친밀해졌다. 또 하나는 '힙합'이었다. 나는 비트를 타며 흥겹게 랩을 내뱉는 그에게 감탄했다. 호기심이 부푼 나는 그에게서 드렁큰타이거의 〈난 널 원해〉를 배웠고 언젠가 래퍼 시인이 나오겠구나, 생각했다.

2004년 가을, 그가 흑석동 자취방에서 잠시 머문 적이 있었다. 당시 대학원생이었던 나는 신춘문예 공모전을 준비하느라 분주했다. 그는 한 달 동안 나와 함께 시 공부를 하겠다며 서울행을 택했지만 오래 버티지 못하고 울산(고향 집)으로 되돌아갔다. 반지하 좁은 자취방에서 종일 앉아 시를 읽고 쓴다는 게 팔랑팔랑 한강을 거닐던 그에게 얼마나 답답했을까. 혹여 내가 그를 속박했거나 시가 고행으로 다가왔을까 걱정했다. 하지만 그건 기우였다. 그는 꾸준히 시를 썼고 안부와 함께 자작시가 첨부된 이메일을 보냈다. 이메일 아이디 'pt478'이 눈에 띄었고 그와 나눈 대화가 문득 떠올랐다.

"넌 피터팬 같아."

"형, 왜요?"

"어른이 되길 거부하면서 영영 철들지 않을 것 같거든."

그는 자신이 제임스 매튜 배리의 동화 속 인물 '피터팬Peter Pen'과 비슷하다는 것이 맘에 들었는지 이내 아이디 pt478(피터팬의 이름 **Peter**='pt'와 자신의 이름 획수劃數 '478')을 만들었다. 훗날 그는 '피티컬 PTycal'이라는 예명으로 래퍼 활동을 펼쳤다. 피티컬은 포에트리Poetry의 'PTy'와 뮤지컬Musical의 접미사 'cal'을 조합한 듯하다. 뮤지컬이 '음악의', '음악적인' 등을 의미한다면 피티컬도 '피터팬의', '피터팬적인' 혹은 '시의', '시적인'으로 해석할 수 있다.

공모전 준비도 준비지만 요새 성철이 형이랑 밤새면서 하는 시 공부가 남다를 정도로 재밌어지네요. 가을이 깊어 가다 겨울 속에 폭 빠져 버렸습니다.
　　　　　　　—2005년 11월 9일, 그가 밤새 쓴 시 5편과
　　　　　　　　　　　　　　　　　함께 보낸 전자우편

무엇이 그를 시의 길로 접어들도록 했는지, 시가 그를 어떻게 이끌었는지 나는 잘 모른다. 다만 그는 시의 길 위에서 서성거렸고 헤매다가 끝내 되돌아왔다. 어쩌면 그가 선택한 길은 벗어나고 싶어도 벗어날 수 없는 운명처럼 정해졌는지도 모른다.

잘 다녀왔습니다. 많이 버리고 이것저것 챙겨서 조금 더 알찬 태관이가 되려는 여행이었나 봅니다. 떠나도 결국은 되돌아오고 마는 길.

　　　　　—2006년 9월 6일, 그가 〈항구에서 함께하는
　　　　　문학의 발견〉 행사를 마치고 보낸 전자우편

　우리의 길은 '시'에서 '노래'로 확장되었다. 2005년 12월, 나는 전주에서 〈달빛문학마당—달빛, 스미다—번지다〉를 연출했는데 그가 번뜩 떠올랐다. 복효근 시인의 「쓸쓸한 낙서」를 랩으로 들려주면 신선하고 신나겠다는 나의 상상을 그가 근사하게 보여줬다. 2006년 〈항구에서 함께하는 문학의 발견〉에서도 그는 안현미 시인의 「어항골목」과 여러 시들을 멋진 랩으로 들려줬다. 어쩌면 그에게 항구를 찾아갔던 문학 행사는 여행이었고 시인의 꿈을 한 꺼풀 더 부풀렸을 시간이었는지 모른다. 그 여행에서 시인 김경주, 김경철, 김근, 안현미, 서영식, 이영주, 최명진 등과 소설가 김서령, 옥노욱, 이재웅 등을 만났다. 군산 행사에서 만난 문학청년 김승일, 박성준이 등단하고 계속 등단이 멀기만 했던 그는 실의에 빠져 "나만 빼고 다 시인이 되네"라고 했다.
　2006년 겨울, 나는 대학을 졸업한 그를 서울로 불

렀다. 그는 시인이 되고픈 열망으로 시 노래팀 결성
에 대한 내 제안을 받아들였다. 그렇게 해서 우리는
2007년 1월, 시를 노래하는 '트루베르'를 결성했고
매일 보는 동료이자 식구가 됐다.

트루베르의 래퍼 피티컬은 시와 노래의 접점을 찾
아내는 감각이 있었다. 시 텍스트에 스며든 리듬을
그는 그만의 리듬과 목소리로 되살려냈다. 그는 트
루베르 리더로서 음악적 성장과 무대에 대한 갈증
을 해소하기 위해 락밴드 스팟라이트(SpotLight,
2007~2012)에서 보컬 활동을 겸했다. 트루베르는
2009년부터 2011년까지 휴식기를 가졌다. 2012년
그와 나는 트루베르를 재개했다. 이듬해 싱어송라이
터 서지석과 나디아가 합류하면서 트루베르는 힙합
에서 벗어나 어쿠스틱 사운드를 지향하는 팀으로 변
모했다. 박목월의 「이런 시詩」, 백석의 「나와 나타샤
와 흰당나귀」, 윤동주의 「바람이 불어」 등을 비롯해
안현미의 「어항골목」, 이재훈의 「평원의 밤」, 성동혁
의 「나 너희 옆집 살아」 등등. 그동안 트루베르가 노
래한 시는 수십 편이다.

우리는 전국의 무수한 문학 행사를 다녔고 팟캐
스트 방송 '월간 트루베르', 트루베르 파티 등을 기획
하고 제작했다. 이제 누구라도 그의 생애를 들여다

본다면 트루베르를 빼놓을 수 없게 되었다. 그의 열
정과 목소리와 숨결이 트루베르에 남겨졌기 때문이
다. 그는 트루베르를 통해 여러 시인들을 만났다. 간
절히 시인이 되고 싶었던 그는 시인을 만날 때 가장
눈빛이 빛났다.

나무가 된 시인 고태관

　2020년 2월 17일, 그와 마지막이 된 점심을 먹었
다. 그날도 어김없이 그는 퇴고한 시와 새로 쓴 시를
내밀었다. 2019년 가을과 겨울에도 공모전에 응모할
시들을 가져왔다. 그는 시간이 얼마 남지 않았다는
것을 알기에 등단보다는 살아 있음을 감각하고 싶은
듯했다. 그는 나에게 조급한 내색도, 아픈 내색도 보
이지 않았다. 마치 그는 한자리에 변함없이 서 있는
나무 같았다.
　그의 시에서 '나무'는 화자의 상태를 잘 드러낸다.
「꿈 바깥이면서 겨우 이불 속」, 「겨울의 숲」, 「곁」,
「나무가 되었습니다」 등에서 나무로 비유된 화자와
현실 속 '고태관'이 동일시된다. '돌멩이(돌)'도 마찬
가지다. '나무'와 '돌멩이'는 공통으로 외부의 힘이 없

다면 스스로 너울거리거나 굴러갈 수 없는 수동적인
존재이다.

　한때 그는 시를 쓰며 잘 못 마시는 술에 취해 객기
를 부리기도 했고 억누를 수 없는 열정을 무대에서
폭발시키기도 했다. 보통의 일상에서 만난 그는 섬세
하고 배려심이 깊고 수다스럽다. 마치 나무와 돌멩
이처럼 무엇이든 감수하려고 했고 누군가에게 심려
를 끼치거나 피해를 주지 않으려고 애썼다. 위胃와 간
肝이 죽어 갈 만큼 오랫동안 곪아 터진 상처와 고통
을 어떻게 견뎠을까. 괜찮지 않은데 '괜찮다'고, 외로
우면서 '외롭지 않다'고, 아프면서 '아프지 않다'고 했
던 그의 거짓말들이 시집을 펼치자 화살처럼 내 가
슴을 쏘아댔다.

　　　오늘은 누군가의 생일이거나 기일
　　　만삭의 여자가 횡단보도 신호를 기다리네
　　　아내였을까 엄마였을까
　　　실구름 솜사탕을 핥아 먹는 소녀였지
　　　그녀는 들어 올린 발을 디딘 다음 딛고 있는 발로
　　내디뎠네

　　　가로등은 하루에 두 번 켜졌다가 꺼지네

그는 깜박거리며 꺼지는 불빛을 켰다네

고장 나거나 고장 날 불빛을 지켜보다가 집으로 돌
아와

잠든 아내의 둥근 기지개를 내려다보곤 했네

떨리는 필라멘트 불빛에 손을 대 보았지

다른 손으로는 흔들리는 가로수 잎을 손꼽아 세었
네

나무를 품은 하늘을 올려다보면서

몇 번을 깜박거리다가 환해지는지 헤아렸네

둥글게 쌓인 낙엽에서 솟아난 가로등 곁으로 밤이
모이지

나뭇가지가 불빛 흔들어 수화를 보내왔네

깜박거리며 켜진 불빛이 꺼지기 전에 아침이 도착
했네

내일은 기념일

나무로 태어나 바람으로 너울거리겠네

겨드랑이에 새로 켜진 잎사귀가 쌔근거리면서 숨
을 내쉬겠네

　　　　　　　　　　—「나무가 되었습니다」 전문

그를 떠나보낸 날, 유난히 바람이 세찼고 너울거

리던 나무들이 흐느꼈다. 그의 유언에 따라 수목장
을 했다. 유가족은 강원도 원주 옛집 마당에 그와 소
나무를 심었다. 그는 시처럼 노래처럼 살다가 죽어서
야 시인이 되었고 나무가 되었다. 2021년 5월 15일,
그에게 가서 투박하고 이쁜 돌멩이를 주워다 소나무
곁에 놓아야겠다. 안상학 시인**이 나무에 새겨 놓
은 그의 시 「소실점」과 함께.

　　물결 위로 넘치는 석양
　　괜한 돌멩이나 내던지면 얕아진 강물이 눈망울로
번져 와
　　멀리 빈집으로 쓸려 가네

　　아득하도록 붉게 고인 하류에서는
　　무성한 넝쿨로 엉키는 얼굴들
　　바다에 닿기 직전 급하게 불어 오르네

　　오늘 일기를 미뤄 둔 새들이
　　낮은 바람 박차고 돌아갈 채비를 서두르는데

**　　그는 안상학 시인을 만나러 안동에 가자고 나에게 몇 번
말했지만 가지 못했다. 그를 기억하기 위한 시비를 제작할 때 안
상학 시인이 글씨를 썼다.

발목 다 젖은 미명을 들쳐 업고 돌아가는 다리 아랫길

멀리서 흐릿하게 떠오른 어머니
내가 닿아야 할 별 하나
깜박하고 켜진다

         —「소실점」 전문

네가 빌었던 소원이 나였으면

2021년 5월 15일 1판 1쇄 펴냄

지은이   고태관
펴낸이   김성규
책임편집   김은경 조혜주
디자인   김동선
펴낸곳   걷는사람
주소   서울 마포구 월드컵로16길 51 서교자이빌 304호
전화   02 323 2602
팩스   02 323 2603
등록   2016년 11월 18일 제25100-2016-000083호

ISBN 979-11-91262-25-4 04810
ISBN 979-11-89128-01-2 (세트)